128号房间

[法] 凯西·柏妮丹 著　　王秀慧 译

CHAMBRE　128

四川文艺出版社

图书在版编目（CIP）数据

128号房间 /（法）凯西·柏妮丹著；王秀慧译.— 成都：四川文艺出版社，2021.6

ISBN 978-7-5411-5830-8

Ⅰ.①1… Ⅱ.①凯…②王… Ⅲ.①长篇小说—法国—现代 Ⅳ.①I565.45

中国版本图书馆 CIP 数据核字（2021）第 066466 号

©Editions de la Martinière, une marque de la société EDLM, Paris, 2018
Published by special arrangement with EDLM in conjunction with their duly
appointed agent 2 Seas Literary Agency and co-agent The Artemis Agency

著作权合同登记号　图进字 21-2019-403 号

128 HAO FANGJIAN

128号房间

（法）凯西·柏妮丹　著

王秀慧　译

出 品 人　张庆宁
责任编辑　叶竹君
特约编辑　李　博
封面设计　叶　茂
内文设计　史小燕
责任校对　段　敏
责任印制　崔　娜

出版发行　四川文艺出版社（成都市槐树街 2 号）
网　　址　www.scwys.com
电　　话　028-86259287（发行部）　028-86259303（编辑部）
传　　真　028-86259306

邮购地址　成都市槐树街 2 号四川文艺出版社邮购部　610031
排　　版　四川胜翔数码印务设计有限公司
印　　刷　成都蜀通印务有限责任公司
成品尺寸　130mm×185mm　　　　开　本　32 开
印　　张　8.75　　　　　　　　　 字　数　140 千
版　　次　2021 年 6 月第一版　　 印　次　2021 年 6 月第一次印刷
书　　号　ISBN 978-7-5411-5830-8
定　　价　49.80 元

致我们已读过的所有小说。

致我们将再次阅读的这些小说。

它们像播撒梦沙的睡神[1]，

往我们的生活里撒下几个字或几句话。

这些字句长驱直入潜意识，继而改变我们。

无声无息，无可闪躲。

---

1 睡神掌管所有人的梦境，他的梦沙可以为人们带来好梦。——译者注

这是一个真实的故事。几乎是真的……

当生命的某个切面呈现在我们眼前时，我们偶然成了它的见证者，却对它的发展奈何不得，只能观察并想象当事人的感受、恐惧和希望。

有时候，我们可能会看错。

但也会发生这类情况，我们感到自己正在逼近真相，且肩负着某种使命——讲述的使命，日复一日讲述我们窥伺的事件。当然，这么做的结果可能令我们大吃一惊。

要是结局让我们失望了怎么办？

不无可能。

如果你们接受这样的风险，如果你们喜欢不确定性，那么请迁就一下书信往来难以预料的缓慢节奏，逐一亲启这些信件。

信中仅地址和人名有所改动。

安莉丝·布里亚尔敬上

莫里雍街，巴黎
2016年4月25日

女士或先生您好：

请原谅我拖了这么久才将包裹寄回给您。

我在128号房间发现了这本书，换作别人，它会被立即交至美岸酒店的接待处；但是，如果您碰到我周围的人，他们会告诉您，我平日里是多么粗心的一个人。因此，请不要把这次的怠惰当成我对您作品的不屑。绝非如此。甚至我要向您坦言：我已经读完了您的书。

当我打开128号房间双人床右侧的床头柜，一眼就看到了老天替您留下来的消遣读物，感谢老天，再者，床也相当称心。您瞧，我这个周末去伊鲁瓦兹海边度假，正好忘了带随身读物……我属于不翻几页书就无法入睡的人。要是我被剥夺了这项乐趣，我就会变得惹人生厌。多亏了您，我丈夫才不用忍受我的臭脾气。

不管怎样，我在第一百五十六页，也就是介于两章之间的地方，找到了能将这些稿子寄给您的地址。我犹豫再三，坦率地讲，我丈夫和孩子的一番话令我暂时搁置了寄回手稿的想法。用我女儿的话说，我的想法无异于"犯傻"，她为自己的出言不逊找的唯一借口是，她才十六岁。

我丈夫说，这份年代久远的手稿或因遭出版商拒绝，才被作者遗弃在抽屉里，只待哪日揪住某位同样绝望的读者。我儿子更是宣称，这本书品相如此糟糕，还是用古董打字机打印的，应该在这家酒店里兜兜转转了有些时日，它要是有那么一丁点儿的价值，早被人捷足先登了。

就在我快要被他们的论据说服的时候，我翻到了第一百六十四页，只见空白处还有这样一段旁注：

> 这究竟有什么关系呢？难道谎言最终没有通向真理吗？难道我的这些故事，真真假假，不都走向同一个终点、指向同一个意义吗？不论故事是真是假，要是它们都说明了我的过去和现在，那么真假与否又有何妨？有时候，我们看一个说谎的人，比看一

个说实话的人还要清楚。[1]

我又惊又喜地认出了这一片段！与一位不知其名的作家不期而遇，还发现他欣赏的作家，正是我心目中排名第一的作家！您偷偷挪用的这几句话，使您的作品愈发暧昧不清。当我还在寻思这一百六十四页到底是虚构而来的，还是对现实生活的记叙时，您用这段旁白告诉了我一个模棱两可的答案……

接着，我在最后一页发现了几首直接用铅笔写在上面的诗，倾斜的字体上印有橡皮的擦痕，由此可联想诗人用词时的反复推敲。请让我来告诉您，这些诗做到了。当我在读它们的时候，我感受到了只有当诗仅为我一人而作时才会引起的震颤。

我觉得，正是这一刻，让我决定置家人建议于不顾，执意物归原主。不知这份手稿会送到谁的手上，是一位女士还是一位先生，一位少年还是一位出入各酒店时习惯带着自己手稿的老人，类似那些无论走到哪里都会随身携带《圣经》以求上天

---

1 出自加缪的小说《堕落》。——译者注

眷顾的信徒。

　　获得答案的唯一方法就是将包裹托付给邮局，并祈祷足智多谋的邮递员在下班之前幸运地找到您家（我从未寄出过只有地址而没有收件人的包裹，我指望某位薪水微薄的邮递员出于好奇之心帮助我物归原主）。

　　倘若您愿意通知我您已签收成功，您可在信封背面找到我的联系方式。

　　感谢您带给我这次愉快的阅读体验，即便您是出于无心。

　　祝好！

安莉丝·布里亚尔

西尔维斯特·法默尔写给安莉丝·布里亚尔

莱沙耶，韦克桑地区莱因维勒
2016年5月2日

这是我第十遍读您的来信……该说些什么以便您能理解呢？手稿的事……说来话长。这封只为我一人而写的亲笔信，让我想起了小时候在夏令营收到过的那些。我母亲也偏爱且热衷写信，仿佛她想趁邮递员开工之前能写多少就写多少。她热爱写作，却没什么机会写作。因此，我的离开成了她沉迷于这项徒劳且不被周围人看好的活动的借口。她坚信，使用钢笔之人不能只满足于常用词汇，她会援引一些过时乃至禁用的措辞，这点跟您很像。她会多么欣赏您笔下的"怠惰""置之不顾"以及"再者"啊！没人再使用它们了，尤其是在电子邮件里，我们的虚拟邮箱总是被平庸而泛滥的邮件淹没……

所以，今天，我再次体验到了我在给母亲回信时投入的幸福与专注。我担心自己没能将拼写错误或词不达意赶尽杀绝，否则肯定少不了她的一顿奚落。希望您会比她宽容，要知道，我缺乏这方面的练习。

直到昨天晚上，我才收到包裹，因为您找到的地址是我教父的地址，幸运的是，他在同一个地方住了五十年……

我的教父曾经是一名杰出的厨师，他一度难以接受远离灶台的退休生活。这就是为什么每个星期五晚上，他都会在自己位于九楼的小公寓里，邀请常客来品鉴他新发明的美食。接受他的邀请必须具备冒险精神，您会认同这一点的，毕竟他今年已九十二岁高龄且老眼昏花……邮递员是一个对我教父烹饪的美食乃至黑暗料理无条件的支持者，同时他对这栋居民楼及其住户了如指掌。因此，在他看来，就收件人挨家调查是一桩容易甚至愉快的差事。他拆开包裹后——还读了小说的前几页，毫不迟疑地锁定了这栋九层居民楼，并跑上跑下问遍所有租户，直到最终将收件人与我教父这位独居老人的地址关联上。

好在教父想起很久以前我尝试过写作。在他决定给我打电话之前，他就把这个珍贵的包裹放在餐具柜上，任由它在那儿积灰。

您能想象得到吗，当我开启包裹时，我几乎可以嗅到海水的咸腥味，听到海浪的拍岸声和海鸥的鸣叫声。自此以后，这样的印象就挥之不去。更令我感到惊讶的是，我并未听说过您发现手稿的那个布列塔尼小镇。大海从来都没能吸引我，更通俗地讲，我尽量避免旅行和随之而来的一切变动。

总之，您要明白，您的发现有多么了不起：这份手稿是我于1983年4月3日在蒙特利尔旅行期间丢失的。就在我目空一切的二十三岁那年，我想从一位以文学批评闻名的熟人那里获得一些写作建议。为了揭示您给我带来的礼物的价值，同时证明您的儿子言之有理，我承认，我曾找它找了好几个月，还询问过航空公司以及各种可能发现它的人。我写信给乘务员甚至飞机维修人员，四处走访蒙特利尔机场的商铺，返程后我还去巴黎机场的商铺打听过。我希望有一位乘客将它带去了某家咖啡馆，或者替我转交给了那位名字已写在信封上的批评家。白费力气！我不得不告别我的第一本手稿，遭此不幸之后，它也成了我的最后一本手稿。

您出现了！三十三年后，就在菲尼斯泰尔省某家酒店的一间面朝大海的客房里，您将它从床头柜中取出……但是，我必须告诉您一件更不可思议的事：我的原始作品就止于第一百五十六页，也就是您发现我教父地址的那一页。当时，我与其他大学生合租，我担心书要是直接寄到我住的地方，他们会嘲笑我的文学理想。

若您明白了这一点，您也许就会注意到，从第一百五十七页开始，小说的文风更加流畅。所以，我的继任者不仅完成了我的小说，而且，他似乎完成得不错。

唉，我同样不是书后附诗的作者……它们应该同样出自这位陌生人之手。他可能是在飞机座位底下发现了我的初稿，并擅自补全了小说，终了，又在布列塔尼海角的尽头遗弃了它，这个男人（或这个女人，毕竟我们对此没有任何线索）才没有像您那么体贴地把他补写的部分寄给我看。

在随后的几年中，我时而问自己，如果这本手稿没有丢失，我的人生将会怎样。于是我假设命运的骰子被重新掷出，想象自己出色地写完了小说，并向编辑毛遂自荐，最后以青年作家的身份声名鹊起，备受文学界推崇……正如您所见，我还在受未竟梦想之累。

说到未竟的梦想，您还没有对这个故事给出任何评价！我应该对这份沉默做何解读呢？一位陌生的女士在没人强迫她的情况下把手稿归还给我，并感谢我为她带来了一段美好的阅读时光，信中含蓄地向我透露了她对文学的热爱，而对小说本身，她却不予置评……

算了！请忘掉我幼稚的困惑。感谢您让这些文字回到我身边，它们今后将伴随我对昔日青春的怀念。

西尔维斯特·法默尔

P.S. 我注意到您将美岸酒店的名片一同塞进了包裹。有朝一日，我若不慎去到布列塔尼，不会忘了去那儿订一个房间。

P.P.S. 我游移不定的写信风格，请您见谅。我已经用心在写了，但自夏令营时代以来就中断了这方面的训练……

安莉丝写给西尔维斯特

莫里雍街

2016年5月5日

亲爱的西尔维斯特：

感谢您来信告诉我，您已收到了这个稍显异常的包裹。此刻，我只觉自己做了一件大好事。我乐意为您效劳，相信大部分人都会这么做的。我和您的母亲一样，甚是偏爱书信往来。我已经很久没有找到机会使用信纸了，别人都是发电子邮件回复我的明信片，或者更糟，直接短信回复。另外，您会注意到，我为了优先使用您那散发着法国农庄与原野气息的邮政地址，只好暂时将您附上的电话号码放在一边。

您希望了解我身为读者的意见，我这就告诉您。首先，我被情节打动了。这个故事看似单薄，实际却不然。美好的心情溢出纸外，当它们借由一个男性的声音表达出来的时候，当它们充斥着对女性失当的误读的时候，这些情感竟使人耳目一新。主人公们年纪轻轻便隔三岔五感怀旧事，叫人读出了某种紧迫感，仿佛我们在迎接崭新的一天时，就知道这可能会是最后一天。既然我已知道，小说只有第一部分由您执笔，那么，我可以毫不虚伪地告诉您，我对结局颇感失望。

诚然，如您谦逊地指出的那样，第二部分以流畅明快见长，风格更具冲击力，也更精致。描述性的段落分布巧妙，增添了诗意而又不破坏情节推进的节奏，也暴露出小说开头所不具备的专业素养……我之所以敢向您坦言，同时不怕惹您恼怒，还有一个原因：娴熟的技巧侵害了您的作品。我的感动在这些文字里流失了，就像一个人完美的轮廓也会剥夺他的魅力一样。我想您能懂我的意思。

简而言之，该书的第一作者为小说倾注了令我触动的天真与敏锐，第二作者为小说赋予了令语文老师欣慰的出众语言。

我是否可以向您提一个建议——这是一种出于礼貌的表达，因为我等不了您点头同意了：请您完成这部小说！请您重新操刀，赋予自己亲手为故事收尾的权利。

我们的（原谅我使用这个代词，毕竟您的故事跟我毫无干系）第二作者添加的旁注，证明他曾将您的手稿据为己有且擅自介入小说。固然他续写的结尾值得称道，但我敢肯定，这与您构思的结局相去甚远。当我写这些话时，我的脑海中浮现出你们二人交锋的画面：您，左右碰壁，极度敏感；他，出色的讲述者，只在恰当的地方放置恰当的措辞，从未失手。但是，有些相遇不应该发生，因为世界可能会因此失去一部杰作……

亲爱的西尔维斯特，以上便是我的阅读感受。希望它们能帮助您完成小说，因为未竟之事会伴随我们终身，就像慢性疾病一样，连最有效的止痛药也束手无策。

希望有一天我能再次读到它，小说在任何时候发表都不算迟。

祝好！

安莉丝

安莉丝写给麦吉

莫里雍街

2016年5月6日

亲爱的麦吉：

希望这些"小大人"在回首都之前，已经收拾好了你的房子……回到久违的家中，却找不着本来好好放在原地的东西，我知道这种咬牙切齿的感受。我俩出游的那几天，我密切关注孩子们的出行和社交，但是，你知道他们有的是花招对付我的远程监视……而且，即使我们只把你家让给他们小住三天，我也浑身不自在！

无论如何，他们体验了一把前所未有的独立之后，心满意足地回巴黎了。为此，他们特别感激你。至于我俩，则是尽情享受大海的气息，以及你推荐的酒店提供的无可挑剔的服务。身为母亲，要想有放假的感觉，真是太难得了！

关于这家酒店，我有事要请教你一下。当我们入住128号房间时——你知道的，这个房间的视野有多棒，我发现了一本被遗忘在床头柜里的手稿。至此，只能说这是桩趣事，但绝非罕见，即便你得知我将手稿寄给了它的主人，你也不会感到惊讶。

然后，事情开始变得有意思了：你能想到吗，这位作者并没有写完他的作品，故事结尾竟是一个陌生人代笔的，这人肯定是先我们一步住进128号房间的客人。在你看来，两个从未谋面的作家各显身手，共同创作一部连贯作品的概率有多少？

你猜后续会怎么着……你能以你是酒店经理朋友的名义，打探到在我们之前预订此房间的人的联系方式吗？你的经理朋友可能会以"消费者有权要求酒店尽到保密义务"为由拒绝。但是，如果连你都不能说服她，还有谁能办到？请不要把这席肺腑之言当成阿谀奉承，我是真心佩服你的公关能力。

最后，我希望我们能在夏天之前见一面。我迫不及待想听到你的旅行故事和你对途经国家的第一印象。

回头见。

祝好！

莉丝

P.S. 办公室的情况并没有好转。如果你在遥远的国度发现了一种无法探测的剧毒，请给我快递一桶这类神奇的产品……自打我回巴黎之后，我愈发厌恶巴斯蒂安，是时候把这种仇恨升级为实质性的行动了！

西尔维斯特写给安莉丝

莱沙耶

2016年5月9日

我没想到这么快就收到了您的来信。既然您执意书信交流，我只好立即执笔回函。实话实说，两年来，我屏蔽了来电铃声，电话被我接到了自动答录机上。我对安静有一种贪得无厌的追求。

今晚，家里空无一人。我深吸一口气，享受独处时光。我的另一半养成了无须喘息就能从一项活动切换到另一项活动的习惯。这个时间点，她应该在上体操课，在戏剧社排练，出席节假日组委会，或者正和她的朋友们一起在餐厅享用晚餐。相信我，比起我们能采取的所有治疗方案，她的狂热更能确保我们夫妻二人延年益寿。

既然您已经读过我唯一的小说，那您应该有注意到我在书中对安静与闲散的痴迷。妻子的缺席可同时满足我这两项需求。至于我们的女儿，俗话说得好，翅膀硬了就想飞。她去了加拿大定居，在世界的另一端独立起飞……我知道，您没有问

16

过关于我家人的问题，但我对您的家庭多少已了解一些，所以，我认为我俩最好能处于信息平等的地位。

在过去几天里，我遵照您的建议，把手稿带去了21世纪年。是的，是的，您没看错，我重启了当年我在古董打字机上完成的前半部分小说。此刻这台打字机已在某位收藏家的阁楼里过上了荣休生活。当我将手指放在电脑键盘上，看着文本以一种全新布局在屏幕上呈现时，小说竟变得陌生了起来，几乎遥不可及。这种感觉就好像我们清晨醒来，依稀回想起刚刚那一场打乱夜晚的梦境。之所以选择这个意象，是因为小说中不足为道的天真的经历，没有一点儿可流芳百世的浪漫史诗的影子。但是，它在让我心绪不宁之后，值得我向它致以某种敬意。

现在，我借您的眼睛重新发现了这一切。我原谅您在点评时用到"单薄"一词，尽管这个措辞冒犯到了我，却也合乎情理。我已步入了堪称老男人的年纪，我为自己少年不再却还能写出几页值得禾林出版社[1]青睐的文字而感到惊讶。但您是对

1　禾林出版社（Harlequin Enterprises Limited），全球最大的浪漫爱情小说出版公司。——译者注

的，是当时的天真赋予了故事共情的能力和亲近的印象。我们大部分人应该都还保留着对悬而未决之爱的记忆，越是不曾经历，越是浮想联翩。

您建议我继续写下去，那我也冒昧请您承担职责。借此机会，我想寻求您的帮助：待新小说完成之后，我能否请您过目？

您若拒绝，我也理解。虽然我们素未谋面，但我已经能预见您边读这些话，边皱着眉头骂我得寸进尺的样子。如果我们的角色互换，我也会做出同样的反应……

西尔维斯特

P.S. 请问，何谓我对女性失当的误读？

麦吉写给安莉丝

狐狸海角，勒孔凯

2016年5月13日

亲爱的莉丝！

可以让我知道你开展的新业务吗？你在捣什么鬼呀？你的这些计谋，似乎灵感来源于我们十岁时玩的侦探游戏，那时我俩都被伊妮德·布莱顿[1]笔下的人物俘获了。

我非常荣幸又能戴回我的侦探帽。我在一个小时内同意了你的请求，然后飞奔去阿加特家。阿加特自然是阿加莎·克里斯蒂的忠实拥趸，她不假思索地给了我前一位住客的名字。为了维护酒店声誉，我建议由她出面与这位房客联系，向其本人咨询相关事宜。

说干就干：房客是个年轻人，他和未婚妻只在酒店住了一晚。他坦言，尽管当时发现了床头柜的抽屉里有书，但他并没有时间翻看。这对年轻的恋人没将书带出酒店，也不认为报送给接待处会有什么结果……他们为自己的疏忽表示歉意，阿加

1　伊妮德·布莱顿（Enid Blyton），英国著名儿童文学家，作品以奇幻冒险类为主。——译者注

特不得不向她的客户再三保证，他们没犯任何错误。

莉丝，别灰心，你是知道我的决心的……后来，我们又给在这对年轻夫妇之前住进128号房间的女人打了电话。你能想到吗，这位女士把手放在《圣经》上发誓（或者任何一本足够严肃乃至需要配上皮质封面的著作），当时房间里没有任何手稿。她住了整整一个星期，128号房间沦为了她的殖民地。作为一个资深书迷，她把自己的读物都放在那两只床头柜里，但她入住时，抽屉里面空空如也。

阿加特化身为女版福尔摩斯，答应我明天一早她会召集所有员工，便于当着我的面询问可能知情的目击者并解开谜团。我将以华生医生的身份，一五一十地向你报告这个不太靠谱的场面。我暂时没法告诉你更多信息，但是你应该知道，布列塔尼的大侦探们正处于警戒状态，纵是不眠不休，甚至不要任何犒赏，例如捞海螺或者吃香肠肉饼，她们也会为你奉上案情的大结局。

你的密友

麦吉

P.S. 我的房子完好如初！我要表扬你的孩子和他们的朋友，竟可以把我家收拾得如此干净。你知道他们还在客厅桌上给我留了一束鲜花吗？当然，花已经风干了，但是仍然极具观赏性！

P.P.S. 忘了巴斯蒂安！他不值得你为他蹲监狱……试试一笑了之吧！你也猜得到人们为淡化冲突会提出什么建议：当你的对手在哗众取宠时，想象他一丝不挂就好。但是，在我们这一带，还有更高效的办法：为亚当的遮羞布搭配一顶比古丹[1]女士高帽，保证让你缓解压力！

1　比古丹（Bigouden）位于法国布列塔尼大区菲尼斯泰尔省蓬拉贝地区，该地名取自当地民间妇女戴的独特头饰，即一种传统女士高帽的名字。——译者注

安莉丝写给西尔维斯特

莫里雍街

2016年5月14日

亲爱的西尔维斯特：

　　您的来信令我为期三天的周末假期欢乐倍增……您到底施了什么魔法！我竟非常乐意受您操纵！当您向我敞开心扉时，我怎能拒绝您的请求？

　　因此，如您所料，我已迫不及待地等着看您给小说新写的结局。我心急如焚，好奇您将如何收尾，是忠于当年的幻想，还是遵循此刻的现实？不，什么都不要告诉我……我会明智地等到您战胜心魔的那一天。只有您的笔杆才能决定结语。

　　在此期间，请允许我冒昧过问您的生活。您从事什么工作呢？要是您还没到退休的年龄，那您怎么会有这么多空闲时间（您是否注意到，随着我们越来越靠近退休，退休的基准年龄也在一点儿一点儿向后推迟，就跟为了引诱毛驴继续前进而在它面前挂胡萝卜的做法一模一样）？

　　就我而言，我也像您的妻子一样奔波不停，虽然我的目的地跟她比起来毫无娱乐性可言：办公，开会，上超市采购家用，为了孩子上大学而访遍各所名校，我就不一一列举了……让我抱点幻想吧！请告诉我，何时才能安排上戏剧课、体操课，下馆子，主要是何时才能享受在工作日里无所事事的幸福！当然，除非您是千万家产的继承人。如果是这种情况，那么这条康庄大道就将永远对我关闭。

不，我不会允许自己好为人师地纠正您三十多年前对女性的曲意解读。我没有任何女性心理学文凭，我唯一的确信，来自于我的年龄以及我生为女人的处境。您只不过是让我惊讶地见识到，有人竟会天真地以为，只要一个年轻女孩没有说"我爱你"，她就不算动了情……为什么您只给性别上所谓弱势的一方戴上真诚和坦率的光环，性别强势的一方就不具备这些品质吗？

我还有最后一个问题：您怎么能对手稿过去的行踪无动于衷呢？三十多年前，您在飞机途中遗失的手稿，被我在世界尽头找到了（对布列塔尼人来说，布列塔尼乃世界尽头的说法不言而喻），您对它的历险不感到好奇吗？

姑且认为，这几页纸不可能随风随浪漂泊这么多年，还不被人当成垃圾分拣。我并非认为您的文字不值得流传千古，而是我们的同胞通常对不属于自己的财产漠不关心……

您也许会认为我在越界，但就我个人而言，我承认自己对这类神秘事件有种女性独有的好奇心。凭借我在布列塔尼的关系网，我策划了一个方案，有望帮我们锁定最后几页的作者身份，还原小说抵达菲尼斯泰尔省的所经路线……

希望过不了多久便能读到您的新作。我将在首都阴云密布的户外步行几分钟，前往邮局。

您冒失的笔友

安莉丝

西尔维斯特写给安莉丝

莱沙耶

2016年5月18日

我的文字值得你们兴师动众吗？一想到一帮布列塔尼女人要对我的合著者发起围剿，我就心生恐慌……我没想过有一天要和他相见。看到您已做好了引蛇出洞的准备，只为逼他承认他无心争抢的署名权，我表示十分诧异。

的确，我为人比较谨慎，周围人都说猜不透我，而且我倾向于带着这份克制对待接触我的人。比方说，我从来不敢像您那样率性而为，打探别人的工作。为了给您答复，我只能说我还没有退休，更不是一个不用为物质发愁的大富之家的继承人。我只是有幸能够在家找到一个靠近计算机、连上互联网的地方办公。

之所以我在白天会给人一种游手好闲的印象，那是因为我每晚才睡四个小时。当我的同事们都在放松神经时，我还在虐待键盘。因此，我可以利用一天当中的最佳时间在小径中漫步，或者拿上一本书在扶椅里神游。不用害怕，您不是在和寄生虫通信，我有认真履行公司分配给我的工作任务……

我不知道这种疯狂无度的节奏是否适合驱动您的生活运转（如果您过得游刃有余，那么您就和我的妻子一样，同属啮齿类动物，之所以这样命名，那是因为它们似乎总在追赶着只有它们才能瞧见的东西）。或者恰恰相反，您渴望过一种更加沉静的生活，和我一样，认同这种动荡生活会带来不可避免的损伤（若是如此，您将与我一同被归为树懒科动物……）。

至少，我希望您在伊鲁瓦兹海边度过的周末假期能够解放您的神经。您有没有意识到，当我们命令大脑遵循既定的直行路线，而不允许它随意游走时，我们就是在习惯性地对大脑行使专政。

请您尝试以下的体验：将自己与同伴隔离开（比如，趁某天您家人去参加曲棍球比赛或化装舞会，总之是可以让您假装头痛欲裂，从而达到足不出户目的的那类活动），找一扇可以俯瞰一小坪绿色的窗户，或者，如果您被围在绝望的水泥墙里，那么就从人行道上选择一棵生长繁茂的树木，定下心来观察，可以靠在长椅上，盘腿坐在家具上，或者倚着阳台，谁知道呢，随您方便。首先，凝视它的躯干，就像是在欣赏一尊由寂寂无闻的天才艺术家雕刻而成的杰作。然后，慢慢地，让您的眼睛沿着树枝一路向上，直到抵达您目力所及的那根最高的细枝。

您会问，那又怎么样呢？当我做这项练习时，我的精神彻底沦陷。我希望您也能体验到这种轻盈——当存在不受任何支配的时候。

就此打住，因为我不希望您把我当成沉迷佛教或其他灵修而无法自拔的信徒。全都不是，我只是遇到过一位帮人再就业的顾问。这些人颇有本事，能让我们的注意力从干扰它的因素中摆脱出来……

西尔维斯特

安莉丝写给西尔维斯特

莫里雍街

2016年5月21日

亲爱的西尔维斯特：

　　我的好奇心会妨碍到您吗？确实，随着年龄增长，我在生活中以及在与亲友的交流中愈发心直口快。如果您认识二十岁的我，我那时的沉默与矜持定会叫您意外。当然，未经您的同意，我绝不会打扰您、探听您的生活，或对您的手稿刨根问底。

　　既然事已至此，我还欠您我所知道的真相。想象一下，聚在您手稿周围的迷雾越来越浓，亟须一位真正的大侦探波洛接手这桩悬案——我将给这个案子命名为"128号房间之谜"……

　　我的发小麦吉一年四季都在布列塔尼的港口边生活。今年4月份，我去她那儿度过了一个了不起的周末。我以我俩十岁就建立起来的深厚友谊为名，同时不忘挑动她打小就爱卷入是非之地的冒险神经，终于让她同意替我卖命，调查是谁将您的手稿放在了我们后来已知的事发现场（我在行使业主的权利，尽管我只住了三个晚上）。在与酒店工作人员沟通之后，我们得出结论，犯罪目标（言语多有冒犯，但专业术语的使用显示了调查人员对自己扮演角色的投入程度）在我入住的前一天就潜入了128号房间。此处我就不展开细节了，但我有种异样的预感，那就是我们有必要将搜索范围扩大到酒店的每位住客。

您会问我，这么做的目的是什么？我还不知道，但是，我的原则是拒绝认输。于是乎，我想出了一个有助于我们打破僵局的计划（也许这个"我们"显得我在自作主张？如果真是我自作多情了，我向您保证，所有现行举措将会即刻取消）。

我草拟了一封信，并在酒店经理的帮助下，发送给所有在引起我们注意的日期里预订过房间的住客。

先生（女士）您好：

您曾于某月某日下榻美岸酒店，愿我们的酒店给您留下了愉快的回忆。应某位客户的请求，我们希望帮她找到一本手稿的出处，手稿曾被遗忘在我们酒店的其中一个房间。如果您对手稿的来源可以提供一丝一毫的线索，请与以下人员联系，我们将不胜感激。

无论线索大小，我们谨向您预致谢意，并欢迎您再次下榻美岸酒店。

等等。

亲爱的西尔维斯特，这就是我发给朋友的模板，我对收到回复几乎不抱希望。但唯有如此，我才敢说，为了找出您那位合著者的身份，我已方法用尽。

希望您能加入我的计划。

您的比利时大侦探（没留胡子！）[1]

安莉丝

P.S. 您怎么会知道我既讨厌化装舞会又讨厌运动会？我不记得我在信中透露过这类秘密。我惊讶地发现，您已经对我了如指掌……难

1　赫尔克里·波洛（Hercule Poirot），阿加莎·克里斯蒂所著小说中塑造的比利时名侦探角色，其经典造型是两撇工整的八字胡。——译者注

不成我是透明人吗？

　　P.P.S. 我的确与树懒是同类，即使我不得不先查一下何谓树懒……

娜依玛·雷扎写给安莉丝·布里亚尔

莫里斯—多列士街，圣但尼

2016年5月22日

布里亚尔女士：

在收到勒孔凯市美岸酒店的经理来信后，我立即提笔给您写信。我知道信中提及的那本手稿的来历，是我把它带去了酒店。我之所以把书留在128号房间，那是因为8月12日对我来说是一个重要的日期。

我不知道您与这本书的关系，但是您不惜与酒店的所有住客联系，可见它在您眼中一定十分珍贵。书是您的吗？您认识它的作者吗？

1月17日，我在罗斯科夫的海滩上捡到了它。当我翻开看时，我很快明白这是一本无人认领的小说原稿。所以我把书交给了贝尔维尤酒店的调酒师，它就在离他负责的晒台一步之遥的地方。调酒师向我表示感谢，并承认是他把这本小说留在了沙滩上，目的是吸引无所事事的漫步游客。我应该符合他所描述的这类人，因为他建议我留着小说。据他说，这本书改变了他的生活。后来我也读了。

　　五遍。是的，要让这些话印在我的脑子里，然后刻进我的身体里，是得花些时间。两个星期后，我开始坐在镜子前面化妆。可能这对您来说并没什么特别的。但是，我已经对着电视躺了好几个月，边吃蛋糕边看索然寡味的连续剧，跑步计划半途而废。要让这样的人对自己的外表提起兴趣，近乎奇迹。我对自己的改造逐日继续。我回到巴黎，回到办公室，所有的同事都以为我起死回生了。傍晚，我又陷进沙发，拿起一旁茶几上的小说，沉浸其中。我肩上的重担好像在一点一点变轻，直到我敢主动跟我的孩子联系。以我们彼此的了解程度，我本不会向您吐露我的过去，但我们这种因书结缘的关系，让我觉得对您直言也无妨。

　　您想知道为什么我把书留在了美岸酒店？答案很简单。当我第一次去见我儿子的时候，我就住在这家酒店。我想起了那位拯救我的调酒师，我想释放同样的善意。这间位于走廊尽头、面朝大海的客房是一个不错的选择，因为我相信，当人们不得不做出将改变他们余生的决定时，通常就会光顾这类地方。这本小说已经两次证明了自己，我想给它机会去帮助第三位读者。

就是这样。您几乎知道了事情的全部来龙去脉。

真诚的

娜依玛·雷扎

安莉丝写给西尔维斯特

莫里雍街

2016年5月25日

亲爱的西尔维斯特：

　　成了！把您的手稿留在128号房间的人找到了！是一个年轻女人，她十分感激您的文字。从她的字里行间隐约可见的生活片段深深地打动了我，我毫不怀疑，您也会有同样的触动。

　　因此，我为您附上她的来信副本。

友好的

安莉丝

　　P.S. 您打算把完成好的作品投稿给编辑吗？这真的是您的自传吗？如果是的话，您有将这一段过往告诉如今与您共度人生的家人吗？

　　P.P.S. 我的好奇心无可救药，您可以忽略以上所有问题，不用客气。

安莉丝写给娜依玛

莫里雍街

2016年5月26日

亲爱的娜依玛：

请允许我直呼您的名字，希望您没有因此而感到冒犯。您不认识我，我也几乎对您一无所知，但我感觉我们共享着一个天大的秘密。我们都读了一本本不该出现在我们手里的小说，这本私密而敏感的小说并非为我们而作，却狠狠搅动了我们的生活。

我个人与本书无关，我只是一个文字爱好者。这本书让我感动，我想见见它的作者，或者说它的作者们，因为它是由两双手在打字机上敲打出来的。当然，每一页都关乎爱情。可最关键的是，小说的结局尚不确定……

也许正是这个谜团，哪怕合上书后它还在我们脑中纠缠不休，正是这种悬念，赋予小说超越时间、超越终结的特质。

我的朋友将代我拜访那位给您送去最好礼物的调酒师。您看，我的历险还在继续，也许这个人会把我引向另一位读者，谁知道呢?

要是我不克制自己对您孩子的好奇,这封信就该没完没了(但我发誓,我能守口如瓶)。我只想知道,这本小说是如何把您一步步引向了他(天哪,我在滥用"只"这个字!)。但是,您正在与一个冒失的女人打交道,相信您早认识到了这一点,因为您已经看到我为了区区一本手稿可以干出什么事来。所以,除非您真的乐意,否则您不必回答我。无论如何,我都由衷感谢您上次的来信。

祝福您和您的孩子。

安莉丝

P.S. 您选择下榻美岸酒店,是不是因为它正好毗邻海角?您真的相信走到路的尽头有助于开辟其他道路吗?

西尔维斯特写给安莉丝

莱沙耶
2016年5月28日

没错，我反感有人不敲门就闯进我的生活，还代我执行了本应属于我的搜查权利。但是，您的上一封信消除了我对您的全部怨念。娜依玛的话如动人的歌声飘进我的生活，这些旋律的力量无法解释，我们于不自觉中摆脱了忧郁。感谢您与这位读者联系，感谢您将她从书中汲取的所有力量传递给我。

这会不会变成创作的养料，让对着白纸无计可施的作家获得下笔的动力？冒险故事的最后，落难者就一定能被救出绝境吗？我现在的心情就如海风中的飘叶般"稳定"。一方面是感受到文字力量后的喜悦，另一方面是对自己没能抓住机会大规模出版的遗憾，否则我方才发现的喜悦就能扩大十倍，甚至一百倍。

我会满足您的好奇心，即使这份好奇已越界了。不，我的妻子不知道手稿的存在，我的女儿也不知道。对，贯穿每一页的纯朴爱情都是自传性质的。而且，由于这两个原因，我并不打算给编辑投稿。任何编辑都会在打开邮包的当下就将书稿退还给我。我可能算天真，但还没有天真到相信一个没有呐喊、没有反叛、没有一点儿超自然元素、更没有政治隐喻的故事，会让一位亟须畅销书的出版商两眼放光……何况，要我这个五十六岁的老男人自爆本来连烙印都早早藏妥的青春恋情，定会招来周围人的非议，我绝不希望听人家的闲言碎语。

您已找到了那位将我的手稿带去布列塔尼海角的女士，您的任务完成了，您可以投入新的事业了。我必须说，我开始喜欢上咱们这样的交流，借此机会，我也见到了邮递员的真容。其实，没有人再写信给我，如今一切都可以被电子化保存在电脑里。我女儿在高一课堂上做了关于森林砍伐的报告后，就在我们家的信箱上贴了"拒收广告"的标语，我想过摘掉这个讨时的信箱……感谢您让它再次找到了用武之地。

要知道，是您唤醒了我的写作热情。我不仅着手续写我过去的小说，还投入了新书的写作中，左右开弓，彻夜不眠。

因此，请您不必自谦，正是您将我这个年过五旬的懒散之徒从空虚中拯救了出来。

西尔维斯特

麦吉写给安莉丝

狐狸海角
2016年5月29日

嗨，莉丝！

除了你，还有谁能骗我走上这么不靠谱的险路？在春光温暖阳台绿植的日子里，还有哪个朋友能让我即刻出发去喝北风（是的，是的，对我来说，罗斯科夫就是北方）？事实是，只有你才有本事把我逼上绝路。就连摄影爱好者也迫于车开一半就汽油短缺的压力，放弃了去罗斯科夫采景的机会。

更糟糕的是，我虽对听从你的电话指令不甚满意（顺便说一句，你得好好谢谢阿加特大胆转发了你的请求），但我还是兴奋不已地照做了。我中午到达罗斯科夫，现身贝尔维尤酒店，品尝他们的黄油烤鲜贝（别忘了请客的人是你，我特意留着账单），配上一杯2005年的大普隆餐酒——这是服务员选的年份，酒非常好（人也非常可爱）。其间我没有说我此行的目的。

我利用服务人员休息的空当（饭店在带薪假期的前一个月就被挤爆了，我不明白餐饮老板有什么好抱怨的！），找到了罗密欧（我向你发誓，他就叫这个名字）。我刚说到沙滩上的手稿，男孩就两眼放光，他说等会儿请我喝一杯咖啡（我必须在此说明，我假期晒好的棕色皮肤依旧完美如初；哪怕我的牙齿每次撞到空气时都哆嗦得咯咯直响，我还是穿上了碎花连衣裙！）。罗密欧的名字是他的意大利母亲取的。手稿是他在罗斯科夫图书馆里捡到的。他本是去那里给小学生上培训班，这位服务生对文学充满热情，只要日程安排允许，他就会光顾图书馆。

至于这位完美的年轻人的爱情故事，我就一笔带过了。你应该猜得到，他经常出入图书馆，是因为他爱上了一个年轻的图书馆馆员……但是，促使一个人开始阅读的理由必定错不了，你不总是这么说吗？

某个冬日，罗密欧一边为当地协会做志愿工作，一边偷看他的意中人。这时，有个人带着他想捐赠给图书馆的藏书出现在服务台。数十本已折角泛黄的小说被压在箱底，于是，我们的罗密欧将手偷偷伸向了这本手稿，这本现在已经占据了我整个头脑的手稿，虽然我连读都没读过。

我们这位可爱的年轻人从书中领悟到，未予承认的爱情会缠着人一辈子。因此，他顾不上羞怯，决定向图书馆馆员朱莉示爱（我向你保证，一切都是真事，朱莉确实是她的名字）……他们没有结婚，也没有孩子，但我认为这仅仅是因为我们没有给他们足够的时间。我斗胆祝愿"罗密欧"与"朱丽叶"能打破他们先辈的宿命，幸福生活在一起！

现在，你已知道了一切。亲爱的莉丝，感谢你，我在罗斯科夫度过了美好的一天。顺便说一句，这座城市值得一游……

用一点儿也不布列塔尼的话来说，我很乐意吊你胃口，但作为你的朋友，我不忍看你一个人在那儿憋得上火，虽说你早习惯了这个毛病。是的，我问了他这个问题：有没有办法找到那个捐书的人？

罗密欧说他不知道这人的名字，但他会在找到更多线索后立即与你联系。我给他发送了你的联系方式（我把他交给你，只是因为他对我来说年纪太小了。我向你保证，他很可爱。当然，我毫不怀疑我那身战袍的威力）。

你有什么话要对华生说？

你应该以我为荣。我知道你读到这些话时会发笑。为了博你一笑，你的朋友愿替你执行不可能的任务，有时甚至是受人谴责的任务。

但我不后悔，你唤起了童年偶像的冒险故事带给我们的冲动。趁我还没被人遣返之前，我随时为你效劳……

我现在必须恢复（被此次假期推迟的）工作。祝你听到上面的好消息后周末愉快。

崇拜你的华生

麦吉

P.S. 你知道吗，英俊的罗密欧穿着红白拼色的条纹T恤，戴一副眼镜，他让我想到了查理。你知道《查理在哪里？》这套英国漫画吧，读者必须成功找出图片中身穿条纹T恤、头戴红色帽子的查理。我恍然大悟，这不就是你和第二作者在玩的游戏吗：从每一页出现的每一个新的场景中，寻找查理！

P.P.S. 我刚刚读了一篇关于河豚的文章。河豚这种鱼不仅脑袋奇大，眼球更是大得不合比例，但它的体形十分扁小。松弛的皮肤让它可以瞬间膨胀以吓退天敌，并且它体内含有对人类致命的毒素。配上了河豚的这两个特点，某个家伙的形象呼之欲出。难道这不就是巴斯蒂安最适合养的宠物吗？

安莉丝写给麦吉

莫里雍街

2016年6月2日

亲爱的麦吉：

你就是所有人梦寐以求的绝世好友！我迫不及待要与你分享最新的进展。那位年轻服务生确实给送来纸箱的人打了电话，并把我的电话号码一并给了他（为此他还给我发了一条短信，请我原谅他的擅作主张。你说得对，他是一个可爱的年轻人）。所以，就在刚才，我接到一位先生的电话。这位姓克莱德的先生住在巴黎西郊。由于他就在离我一步之遥的地方工作，所以我们明天中午约了一起吃午饭。

麦吉，我终于能确信，这份手稿具有让人卸下防备的能力。自从它出现在128号房间以来，我们一直在倒推它的历任读者，每当我们以它的名义上前询问时，一扇扇门就会自动打开，一张张面孔就会被照亮。

你还记得三十年前我们就此展开的长篇大论吗？上大学时，我们一直在找那本"书"。我们幻想存在这样一本书，读了它就可以转移受伤心灵的怒火，打破我们对陌生人的仇恨，驱赶在年轻脸庞上过早刻下皱纹的愁云，触发人与人之间难以置信又难以忘怀的邂逅。

别急着翻白眼！我那时就不信这种乌托邦了。但是，当我与西尔维斯特的读者交流时，我重拾了做一名读者的激情，我再次相信了文字的力量。

好了，就说到这儿。你对我的揶揄不会改变这本小说功德无量的事实，我保证给你也复印一份。是的！你了解我的，我把书还给它的所有者之前，忍不住扫描了原件（当然，如果你愿意给你的秘密基地接上互联网，拥抱现代世界，我们会节省不少时间）。与此同时，我迫不及待地想见那位很可能就是"查理"的克莱德先生！

我会向你汇报情况的。

祝好！

莉丝

P.S. 给同一家公司配两个老板，这是一个亟须摒弃的谬误，特别是当我们二人还有血缘关系的时候。今天早上，巴斯蒂安趁机在每周例会上再次羞辱我的工作成果。我什么也没说，反而对他报以微笑。事实证明，这种反应比我平时冲他抗议更能堵上他的嘴！看到了吗，这次的调查让我在办公室里都变得理直气壮了起来……但是我仍然记下了你信中提到的宠物的学名，因为再走两条街，有家日料店的老板还欠我一个人情……

安莉丝写给西尔维斯特

莫里雍街

2016年6月5日

亲爱的西尔维斯特：

　　任务才没有结束呢！您以为我会在布列塔尼边境止步吗？您这就不了解我了，因为我正循着查理的足迹继续赶路（我还不知道他的名字，"查理"是我的女友麦吉从马丁·汉福德的一本儿童画册中获得的灵感[1]。孩子们得从眼花缭乱的人群中找到那个身穿条纹毛衣的主人公，我恨不得在翻最后一页之前就把他揪出来）。每过一天，我就比昨日更兴奋一点。我天天向家里汇报进展，一旁的朱利安（我的老公）和两个孩子互相交换眼色。我看在眼里，却连眉头都不皱一下。他们如何能理解我对文学的热情？他们深信，有人会因为在别人的生活中逗留太久，而忘了还有自己的日子要过……

1　英国插画家马丁·汉福德（Martin Handford）创作的系列童书《沃利在哪里？》（Where's Wally？）就是要读者在一幅幅人山人海的插图中找到身穿红白条纹毛衣的沃利。为了便于翻译，《沃利在哪里？》的每个授权都会赋予主人公一个新的名字和个性。在法国，主人公的名字就变成了"查理"（Charlie）。——译者注

您大抵也能猜到，在餐桌上，他们通常对我讲的话左耳进右耳出。在纵容我自娱自乐的过程中，他们也自得其乐。然而，昨天晚上，当我宣布要动身前往布鲁塞尔时（这个我稍后再说），他们仨同时停止了咀嚼，朱利安边翻白眼边摇头（这个动作害他咳个不停，因为他还含着一嘴吃的……活该！）。

像所有与您的作品不期而遇的人一样，在过去将近两个月的时间里，这部小说占领了我意识深处的一小片天地，我任由它在那儿发号施令。我也猜得到我老公准以为我又在夸大其词。他向来清楚我对书有多么狂热，但他为这些书入侵我的日常生活而深表遗憾。似乎每当有某个作家寄生在我大脑中时，我就会露出一副想入非非的样子，一旦我迷离的眼神被他撞上，他的反应就好像发现了一个躲在我们房间衣橱里的情人一样。当我惬意地钻进被窝，然后肆无忌惮地扑向床头柜上众多小说中的一部时，我甚至能听见他在一旁叹息。不用说，得知我要去一个官方语言是荷兰语，因而连地名都不会念的村子旅游，他一点儿也高兴不起来。

为了让您（终于）明白我要去那儿干什么，我必须跟您聊聊这位把您的小说留在罗斯科夫的男人。我星期五与他见了面。他名叫维克多·克莱德，欧洲事务特派员。不要问我人家具体的工作是什么，他的絮叨我一个字都没听进去。见我如此不耐烦，他才终于回到我们此番见面要聊的正题。

我只知道这个男人在巴黎和布鲁塞尔间往返生活，负责促进两地关系。驻比利时期间，他住在从一对夫妇朋友那儿借来的位于许尔登贝尔赫的单身公寓里。正是在陪同这对夫妇的儿子参加每周体训时，维克多发现了您的手稿。多亏了这部被遗弃在椅子上的小说，并不热衷体育运动的维克多才得以打发时间。等孩子比赛结束后，维克多决定把小说带去巴黎。为了知道故事结局，他毫不在意手稿的主人是否另有其人。待他到罗斯科夫处理祖母留下的遗产时，他依然剩几十页没读（要么是因为咱们这位朋友读得太慢，要么是因为工作的重负迫使他每月只抽得出三次看书的时间）。

在他终于啃完小说的那一刻，您觉得他会干什么？猜猜看吧……维克多决定换工作！他发誓自己早就在酝酿这场小型革命了……我们姑且这样相信，但他是在读完您的文字之后，才决定停止在雇用他的欧洲机构之间无休止地来回奔波！六个月后，他将告别乱七八糟的出差，然后休假一整年。

我可以向您保证，维克多不是什么读书大户，他自然也不会将任何裨益看成是某本书的功劳。况且，他还出手了几座由他家族建立起来的图书馆，他在布列塔尼的遗产就这样开始被糟蹋了。要是他没透露给我什么有用信息，我会很乐意只把他作"土豪"看待。他甚至说，他不记得您的书稿被他塞在其中一箱书的最底层，我觉得我们可以把他的这种行为纳入"弗洛伊德式错误[1]"的类别里。但我们（至少我）知道，要是维克多没有发现手稿，他将继续忙得不可开交，并在理想和生计的两难之间再挣扎好几年……

所以，我现在准备去会一会您在比利时的读者，看能不能找出查理。您别怨我……我不能放弃，既然我们离目标都这么近了。

友好的

安莉丝

1　弗洛伊德式错误（Freudian slip）是精神分析学的一个概念。弗洛伊德认为，一个人平时不经意出现的遗忘行为并不是无意义的，而是受其潜意识的影响。——译者注

P.S. 希望在您家不远处肆虐的洪水不会影响您那一带的邮差送信……除非他坚韧不拔的品质敦促他就算划着独木舟也要完成邮递使命！

西尔维斯特写给安莉丝

莱沙耶

2016年6月8日

您在干什么？

在读您的第一封来信时，我就意识到您过着何等焦头烂额的生活——一边从事着一份要求严苛的职业（您说您开会开到很晚），一边抚养着两个青春期小孩，同时要管一大家子的日常起居。然而，现在您正打算把家庭和工作抛至脑后，只为了去追一个陌生人——一个与你毫无干系的给故事收尾的写手。

这都过去三十多年了，您为什么还要对他穷追不舍？您知道您的查理根本就看不起这本书吗？还是说您被小说的后半部分征服了，以至于您希望邂逅一位世人公认的大作家？您终究只是个收集签名或自拍照的追星族吗？

该死！我又开始冒犯您了。自打我归隐田园后，我就习惯于忽视一切社交礼节，被我特许有对话资格的，只有后院的鼹鼠以及阁楼的蜘蛛。通过您，我再次收到了读者们的感受，对此我要向您表示感谢，因为我感到了一种前所未有的激动，连我自己都为之震惊。但是，您要是为了寻遍世界各地而放弃亲人和工作，这样的求索之旅，该叫人做何感想？

现在，请您终止这趟疯狂的行程。待我克服了自身的旅游恐惧症，我向您承诺，我将亲自前往布鲁塞尔，在您中断线索的地方接着追踪。布鲁塞尔是个迷人的城市，而您则给了我去那儿的额外动力。但是不要和您的家人为了三十多年前的区区几页小说而发生争执，不然这就太荒唐了。或者，如果您真有一个迫使您非找到查理不可的正经理由，请让我知道。我怕看到您因我的过失而在不久的将来被关进精神病院，请不要让我陷入这样的不安之中。

期待您的消息。

西尔维斯特

P.S. 我的回信证明了我们这一带的邮差还在街道上坚守岗位。他套上了雨衣和雨靴，途中的风浪没能让他却步。他在我心中留下了高大的职业形象，我相信即使恶劣天气还在持续，他也会划着船将信送到……

安莉丝写给麦吉

皮埃尔街，布鲁塞尔

2016年6月11日

亲爱的麦吉：

你还记得几年前我们曾梦想去布鲁塞尔旅游吗？如果你乐意，我们就把它提上日程吧，因为这座城市太棒了。所有的商店都被纪念品和巧克力溢满了，没人能对布鲁塞尔大广场的魅力无动于衷……我们年轻的时候习惯给各自的朋友带俗气的伴手礼，我敢肯定，如果我们来到这里，可能会打破购物纪录！我还给你买了一件小礼物，它可以完美装饰你客厅的架子……

入夜，我在巧克力博物馆附近的酒店里给你写信，我预订了两晚房间。这个地方不错，在我短暂的逗留期间，我吃得相当可以。此刻，我半开着窗户，一丝清风扬起了窗帘，我听到从街上传来的只言片语。我的眼睛盯着信纸，感受这些闯进我潜意识的匿名者的生活片段。我现在一个人。这种状态多久没发生在我身上了？我们忘了自己，因为我们总是盯着别人看，总是学着了解别人，总是试图活在他人眼中，以至于当他们离开时，我们不再知道自己是谁。于是，我想到了你这个在放逐中生活的人，我有点羡慕你。

待明天参观完必去景点雅克·布雷尔博物馆之后，我将返回巴黎。至于别的地方，等你能抽出片刻时间陪我时，我们再一起去。总之，我会把孩子交给他们的父亲，毕竟这种情况只此一次。他们已经到了可以煮意大利面的年纪了，不是吗？另外，我一想到朱利安不得不购物、做饭、（微笑着）回应两个吹毛求疵的小孩的所有要求，我就更享受这个周末了……我是不是一个不称职的母亲？

我知道你等着听我的侦探故事。我一抵达许尔登贝尔赫，就锁定了当地著名的足球俱乐部。我在那儿遇到一位可爱的老太太汉娜·冉森，她能够用法语跟我交流（尽管起初我以为她在说荷兰语，因为我们的语言被她的口音扭曲得变样了）。我终于听惯了她的口音，然后我俩去她距球场仅一墙之隔的小房子里喝茶。作为市政分配住房的交换条件，她要负责旁边球场的保洁工作，并在比赛期间留意来往人员。

为了说服她帮助我，我讲述了这份手稿的整个历程（我越讲越觉得这书不一般！）。她一边呷着茶，一边虔诚地听我描述。而后，她两眼放光地宣布，线索不会在她的家门口中断，说罢，就去帮我找那个把书落在更衣室的人。鉴于旅途的每一阶段都连连伴随好运，所以当我得知第二天将举行当地居民盼望已久的运动会时，我并没有感到十分意外。

近傍晚时分，我折回球场门卫的小屋。她家多了一个十岁模样的女孩，这孩子摆着的臭脸我再熟悉不过了，因为每天我都能在女儿凯蒂娅的脸上欣赏到。这个女孩在赌气，因为这本小说的缘故，她被禁足两周。她母亲有一个曾经住在巴黎的闺密想读这本书，于是让她把这本书给她闺密送过去并告诉她如何从巴黎去到第一百五十六页上写的地址。当然，她不小心把书留在了更衣室的长板凳上，随后书就消失了。

女孩的母亲此时正在巴黎培训（不用提醒我这有多巧），因此，我们决定在她回布鲁塞尔之前，也就是两周后，彼此见上一面。我有点等不及了……不，我要说实话，一想到这个约会，我就心急如焚！

因此，为了安抚自己有点耐心，我为我们下一站的比利时首都之行收集了海量攻略……

请腾出你的时间。等我回来，我们就筹备这次出游。

你亲爱的

莉丝

艾伦·安东写给安莉丝·布里亚尔

亲爱的布里亚尔夫人：

我不能按我们约定的日期去巴黎赴约了，我非常难过！唉，我刚刚得知我丈夫因疝气住进了布鲁塞尔的医院。他的病不是很严重，我知道他的情况好得很，但是如果您了解这些男人（我觉得法国男人在得病时应该和比利时男人没两样），您就能猜到，他要是知道当他在布鲁塞尔奄奄一息时我还待在巴黎，他会气到窒息！

既然您和我一样，也被这本书深深打动，那么我现在就揭示它的来历，不让您久等，我还会立刻联系那个给我书的朋友，他比我更能说清楚来龙去脉。无论如何，知道您找回了书，还联系到了它的作者，我已满心欢喜。请您转告作家，他在比利时的忠实读者正盼着读他的下一部小说，还有就是，闪烁其词对任何一段关系都无益。

我们二十个比利时人成立了一个读书俱乐部。写作小组刚开设的时候，一位诗歌创作爱好者带来了这本书，我们所有人都特别喜欢这个故事。我将把您的联系方式发送给他，他会告诉您剩下的信息，因为我是时候动身了。尽管赶上了你们举世闻名的罢工运动，我那趟十七点四十九分的高铁竟能幸免，看来我"垂死"的丈夫有了一线生机……

随时为您效劳。

艾伦·安东

P.S. 如果您再度来到我们家附近的Volle Gas餐厅，我将很高兴在那儿招待您。我很喜欢您的城市，即使巴黎人缺乏幽默（当然，他们在取笑我的同胞时除外）。

威廉·格朗写给安莉丝·布里亚尔

彼得大街，伦敦

2016年6月19日

布里亚尔夫人：

我应我们共同的朋友艾伦·安东的请求给您写信。我了解到，您对几个月前来到我手上的那本小说很感兴趣。这并不是我的书，我也不知道作者是谁。但是书中的故事打动了我，它陪了我一段时间，直到我把它交给了布鲁塞尔的朋友们。我的职业需要我频繁出差，所以我不是那家读书俱乐部的常客，但是我特别欣赏那帮书迷，每次途经布鲁塞尔，我都会去参加他们的活动。

目前，我住在伦敦，我计划在这里住一段时间，因为我的部分家人生活在这儿。我的母亲来自比利时的法语区，我还有一个法国外婆，小时候，我整个假期都待在法国美丽的南部。至今，我在那儿仍有一处房产。请原谅我的炫耀，我只是想向您解释我经常前往法国的原因。如果您愿意，在我下次去法国时，我们可以面对面讨论这本书。

我在小说最后一页添了几句诗。我把诗留在上面，就好像这是一本鼓励每个读者续写后文的集体创作……感谢作者原谅我在他的作品上擅自发挥，除了叙述者的才华让我思如泉涌之外，没有其他理由可以为我开脱。

　　　　　　　　　　　　全力支持您的

　　　　　　　　　　　　威廉·格朗

西尔维斯特写给安莉丝

莱沙耶

2016年6月22日

已经过去了两个多星期，我还没有收到您的消息。由此我推断您没有采纳我的建议，而是不顾所有人反对去了比利时。您是否想过，那位作者替我完成了作品，还赋予小说未能在我创作的部分中呈现的魅力，我见到他时会感到愉快吗？

是的，安莉丝，今天早上我很生气，我想是不是应该烧掉这份手稿，从而终止您的胡闹。我不了解您此行的动机，我们素不相识，再说这个故事也不是您写的！

您不用对我的愤怒全权负责：时值6月，我陷入一种焦躁状态，每逢此月，我就容易做出错误决定。似乎我们每个人都有各自的不祥之月，为了规避它的危害，每年我们都要屏住呼吸、踮起脚尖地蹚过它。现在您已知道了我的禁忌之月。至少我很幸运，它只有三十天，与一半的人口相比，我的烦恼时间减少了大约百分之三，但不幸的是，相较于那些讨厌2月的幸运儿，我的烦恼时间增加了近百分之七！

请不要以我脾气暴躁为由，让我陷入一无所知的境地，至少让我知道您的最新发现，也请您为自己的轻率负责。

西尔维斯特

P.S. 我要等到7月才能烧掉稿子。这样一来，我便无法将此决定归咎于受了该死6月的不良影响。过去几天里，笼罩巴黎的热浪业已蔓延到了我这儿，这只会加剧我的不满。缺乏想象力的记者又掏出了关于三伏天的陈词滥调，好像这三个字是他们上《新闻晚八点》[1]的通关暗号。比利时的天气也是同样严峻吗？

1　《新闻晚八点》(Le journal de Vingt Heures)是法国电视二台自1975年起，每晚八点播出的一档新闻节目，是法国收视率最高、影响力最大的电视新闻栏目，堪称法版《新闻联播》。——译者注

娜依玛写给安莉丝

莫里斯-多列士街
2016年6月27日

安莉丝您好：

我隔了很久才给您回信。我需要花点时间梳理自己的生活，并试图在其中找一个安身之处。一个月前，我给您写信时，我刚刚见到我的孩子。说成"我的"是言过其实了，因为这个孩子刚一出生就被我抛弃了，我那时才十六岁。我并非在为自己找借口，弃子的事实无法改变。

我父母所知的版本大致是一个高中男友，一次生日聚会。我耻辱难当。我可以向谁申诉我约会的那个人就是强奸我的人？反正，我后来忘记了一切。每当我想起那次性侵，我就当是发生在其他人身上，或者当成是别人告诉我的、是在真人秀节目上看到的。我对施暴现场的描述就像事不关己似的，导致没人会相信我的自述：我满嘴说的都是铺满墙壁的涂鸦，从天窗看到的天空的颜色，从门缝渗进来的垃圾桶的酸腐、变质鱼肉的腥臭。如何在这部淫秽的影片上叠加欢乐的配乐，因为我还听到在公园里无忧无虑玩耍的孩子们的喊叫？甚至割伤我喉咙的刀尖也没有给我留下痛苦的印象，只剩下巴底下一小块鲜红的三角形印记，那几天就被我用粉底液盖住。

当时我十五岁，我对强奸后遗症压制得如此之好，以至于我没有发现身体给出的本可以让我有所警觉的信号。等到我接受现实时，为时已晚。我的父母依然支撑着我，尽管他们对我那么失望。他们提出要帮助我抚养孩子，我拒绝了。

孩子生下来后，我的生活重回轨道。这就是我想要的。让一切恢复以前的样子。过与当地其他女孩同样的生活：结伴出门，避开酒吧，心安理得地取笑那些不敢穿短裙上学的人，标榜只有青春期的少女才有的胆量，从无意识的海底游上岸……

但我没有意识到，在此期间，我已为人母。一个当了母亲的孩子，一个不管孩子的母亲，随别人怎么说。

一切都是从小事开始发酵的。从听到楼上的哭声时蓦然惊跳，到看见广告上的婴儿时腹部剧烈抽搐。我痛哭的频率越来越高，父母最终给收养中心打了电话。这次，又是悔之莫及。孩子已经被托付给了别的家庭，我什么也做不了。我开始盯着所有经过的婴儿看，甚至魔怔到了雇人打听收养人一家的情况。他打听到了。当我父母发现后，他们就把我送回了我生完孩子后见过的心理医生那儿。他是唯一知道我怀孕真相的人。他禁止我去看孩子，并劝我与孩子保持距离。我搬去了住在巴黎的姑姑家，以为换个环境就会忘记。事实却不然。八年来，内疚和矛盾的情绪一直缠着我。这就是我的心理医生对我感到的不适下的专业诊断。但是，他错了，这不是情绪问题。我已经把我的一部分留在了外省医院，只剩不完整的我继续往前走。

当我在罗斯科夫捡到这份手稿时，我因抑郁症向公司请假，暂时搬回了父母家。当然，小说里的故事与我毫无关联，但是它告诉我，人的存在是多么不值一提。您看，多么有趣的观点，竟让人重新有了活下去的欲望！不只是这样，我们在地球上留下的轨迹越微不足道，越稍纵即逝，我们做出的决定就越可以被忽略，甚至可以被原谅……

我正是在这种状态下与儿子取得了联系。他的名字叫罗曼，生活在一个美好的家庭里，有两个崇拜他的妹妹。他的父母告诉了他一切，他们允许我在4月14日见他。见到他后，我方才知道自己是谁。如果您有孩子，这也许对您来说不言而喻……但是对我来说，那天是动荡不安的一天。一种前所未有的、动物性的暴力从我的内心深处冲出来，它可以使一个母亲成为圣徒，也可以使一个母亲成为罪犯。我知道，从今以后，我可以为了这个站在我面前的人，杀人或是自杀，尽管他不会知道他在我身上唤起的母爱。我可以待在阴影里，如果我确定这样做会带给他幸福，然后等待他对我做出一个最微小的表示。

如今，我知道他的生活将继续离我远去，但他的母亲向我保证，只要他提出需要，他们会让我们见面。

我在布雷斯特见过他之后，来到了这家坐落于菲尼斯泰尔省海角的酒店。那几天，我决定重新融入俗世，再给自己的生活一次机会。这就是为什么我要把支撑我的文字留在128号房间的原因。后来，它就被您发现了。

我已知无不言。如果您认识写这本书的作者，我非常乐意取得他们的联系方式。我认为作家应该了解他们的作品给读者的生活带来的影响。

满怀深情的

娜依玛

P.S. 您说我们有一个共同点，那就是我们都读了一本"并非为我们而作的私密而敏感的小说"。您还这么觉得吗？我知道它在等的人是我，它来到那片海滩，就为了让我继续上路，为了让我再向前迈进一步。有时书会和读者之间存在明显的感应，这种纽带无法归于偶然。

麦吉写给安莉丝

文森特广场，伦敦

2016年6月28日

嗨，莉丝！

我到了！你说得对，伦敦美极了！昨天，我沿着泰晤士河畔一直漫步到了晚上十一点。我平静地呼吸着从河面上吹来的空气，风抚过脸，好像它从我家一直跟到了这儿。我们沿河十来个人，没人在意裹着潮湿扑面而来的凉意，我们都在望着躁动的灰色河水胡思乱想。我猜由这条步行道带来的小说灵感，比我家那带所有的海滨小路加起来还要多。

尽管我听不懂周围人说的话（或者多亏我听不懂），我在这里却像回到了家一样。你在这个城市旅行时是否也有同样的印象？在一个从未踏足过的他乡确认了故乡的模样，这真是一种美妙又叫人不安的感受。

今早，我随风信步伦敦街头，风从一个十字路口钻进另一个十字路口，一路留下河水的清香。我在大街上游荡，为沿路截获的单词发音哑然失笑，因为我爱根据说话者的面部表情赋予陌生单词以意义。片刻，阳光穿透云层心脏。我找了一个露天座椅，边沐浴阳光，边观察我面前匆匆的行人。我解锁了英格兰，我的眼睛被他们奇装异服的婚礼俘获，鼻腔在鱼和薯条香气的刺激下微微发痒，耳朵沦陷在意想不到的交响之中。

我在饭点与您的格朗先生取得了联系。他的法语和我说得一样好（我保证，我一回家就会一头扎进英语的海洋）。他今天要工作，抽不出身，但他听闻我是第一次来伦敦后，就给了我一连串必游之地的建议。我们明天会约在一家小酒馆共进午餐。

你有意识到你在让我干什么吗？我是一个不能忍受长时间离开自家巢穴的宅女，现在，我却只身一人来到这个语言不通的城市，与一个陌生人会面。根据你的招供，你也对这人一无所知！你知不知道，他可能是开膛手杰克的后代，而我在冒着生命危险为你卖命？

如果我明天还想去验证你的威廉给我提的观光建议，那我现在是时候睡觉了。

亲亲，晚安。

麦吉

P.S. 我希望这个英国人不热衷国际政治，也不关心英国脱欧。然而，我不得不表现出我对他的高谈阔论很感兴趣的样子，以免得罪一个可能给我们的案子提供宝贵线索的人……

你要好好记下我的外交手腕！

安莉丝写给麦吉

莫里雍街

2016年7月2日

亲爱的麦吉：

我刚从伦敦机场收到你星期四寄给我的两封来信……你那儿发生了什么？我的威廉·格朗对你做了什么？把你迷住的究竟是城市还是男人？写下这些话的是你本人吗？

我刚推门而入，就被那个坐在酒吧尽头的男人吸引住了。他望着外面，嘴角上扬，仿佛想起了什么快乐往事。他的侧脸既温柔又倔强，我用力祈祷这位就是格朗先生。他朝我转过头来的同时，直挺挺地从椅子上站起来，帮我取下外套，这套动作迷人而英式。我们聊了聊我对他的城市的观后感。我不得不付出超人的毅力，才能避开他灰蒙蒙的瞳孔。我集中精力在墙面的装饰上，做出一副悠哉的样子，说些有的没的，好像我经常和眼神摄人心魄的男士一起吃饭似的。

麦吉，我求你告诉我，你没有留他的地址或电话号码！迷上一个英国-法国-比利时人，能让你从中获利吗？况且，他的工作就是成天打牌。很抱歉，我在没有取得有关此人的任何信息前，就头脑一热把你派了过去。他明显就是一个冒险家，花大把时间勾引女人、挥霍赌场！至少令我放心的是，尽管你们一起度过了一整天，你最终还是搭上了能带你远离诱惑的飞机，回到农村。你将会淡忘这次疯狂的冒险。还有，打消学英语这种异想天开的念头吧，这门语言太危险了。你还是从布列塔尼语学起吧，然后接受一位常年出海的体贴水手的告白，两全其美，毕竟你去菲尼斯泰尔省本就是为了寻找自由和独处的生活。

但是，此次贸然行动并没有白折腾，因为据了解，威廉·格朗是在父母老家找到了西尔维斯特的手稿，然后一读就读了十年。可除了他已故的父亲和患有阿尔茨海默病的母亲，还有谁能告诉我们这些书稿是如何辗转到了洛泽尔的呢？

奇怪，一想到一切将到此为止，我的眼泪就涌上眼眶。谢天谢地，朱利安不在家，我仍然有权发脾气。我知道，这次调查占用了我太多生活空间，但它与八年前发生在我身上的那件事无关。你还记得吧，当时我刚刚失去母亲，我陷进爱情的旋涡是绝望之下的应激反应，是一次让我的心脏重新跳动的尝试，就像做心电复苏那样。那个三流作家对我来说一点儿都不重要。再者，他的文字很是平庸。如果你能理解，请向我解释，为什么只要我晚回家一小时，朱利安就会用怀疑的眼神盯着我。我以为这种不信任早已离我们远去，我以为我们已经过了互相猜忌的年纪。

我对西尔维斯特的好奇纯属对文学的热情。他的小说与众不同，这点不容反驳。难道只是因为它有两个互不相干的创作者吗？还是因为书中那个悬而未决的爱情故事、那些幼稚的言论、那些由一个二十岁青年提炼出来的幸福秘诀？我不知道，麦吉，但我一时间重新发现了在城中漫步的美好，公交司机结束白天工作时的浅笑，清晨穿过乔治-布拉森公园时的草香……

现在，我应该告诉西尔维斯特我们陷入的僵局吗？

你亲爱的

莉丝

P.S. 我要再次为你疯狂的伦敦之行说声抱歉。忘了这座迷人的城市吧，请你专注于我们接下来的出逃计划……我向你保证，在布鲁塞尔我们能避开任何灰色的瞳孔……

安莉丝写给西尔维斯特

莫里雍街

2016年7月3日

亲爱的西尔维斯特:

您有注意到吗,为了给您回信,我一直等到了7月。无论是从您的口中,还是从我家人的口中,我都听腻了你们的告诫。但是,您可以记下今天的日期,就像您铭记拿回手稿那天的日期,以及我们铭记为"查理在哪里"画上句号那天的日期一样。

坦诚是我的优点之一。我向您保证,我止步的决定与您的恼怒无关,与我的疲倦亦无关(坚持不懈是我的另一项品质)。其实,是一位名叫威廉·格朗的英国人将您的书带到了比利时,他还在上面添了几首原创诗。因此,我派我的朋友麦吉去伦敦拜访他。感谢上帝,她毫发无损地(好吧,几乎毫发无损地)回来了。在那儿,她见到了这位绅士,并得知他在2006年从母亲的物品中发现您的手稿后,将其私藏了近十年。不幸的是,这位可怜的老太太大脑出现功能性障碍,我们很难知道手稿是怎么去到她家的。

此外，我对您小说的偏爱确实让我身边的人感到担忧。我的丈夫和孩子担心我被一个作家迷失了心智，怕我用所谓的文学热情掩盖婚外情。因而，我放弃了与丧失记忆的阿尔茨海默病患者对质。如果您想试试运气，我在此附上她儿子的电话号码。倘若您依旧对家人只字未提书中的过往，那么现在轮到您为这趟旅行的正当性辩护了⋯⋯

亲爱的西尔维斯特，我的调查就到此为止了。尽管我们的交流终是要渐渐退场，我代表自己和您的所有读者，感谢您为我们讲述的这个美好故事，以及它对我们的存在所产生的化学反应。您的小说经受住了时间的考验，它在所到之处撒下幸福的片段，给人的生活带来奇遇和改变，只有伟大的作品才能引以为傲。

衷心感谢您。

您好！

安莉丝

P.S. 我不会独占过去两个月以来帮助过我的朋友的联系方式。他们都读过您的作品。因此，为了撮合你们成为笔友，我为您附上了他们的地址。希望在他们的来信中，您收获了和我同样多的满足。

威廉写给安莉丝

彼得大街
2016年7月7日

亲爱的布里亚尔夫人：

　　抱歉，我万没料到自己在未来几周内会没法去巴黎赴约。受人之邀，我得前往菲尼斯泰尔省，虽然我对此地一无所知。这个突如其来的邀约对我来说成了当务之急。

　　但是，我想让您知道的是，此行之后，我将动身去洛泽尔省，借机追踪十年前我发现您朋友手稿时可能疏漏的线索。之前，我在试着收拾老家房子的时候，总是会不停陷进令我束手缚脚的回忆泥淖。您看，那些被我们遗忘的画面，都会被某样物件映照出来，似乎每个物件都具有类似的反射禀赋，像存储了记忆一样，当我们把它拿在手里，它就会释放出记忆。因此，我只好搁置了对母亲的阁楼、地窖和旧办公室的整理工作。

　　这次，我决心重新着手整理，找出可能会有助于你们调查的新线索。

在下一次途经巴黎之前，我定不会忘了告知您，希望届时我们有机会见面。

感恩。

威廉·格朗

威廉写给麦吉

彼得大街

2016年7月7日

嗨，亲爱的麦吉！

您记得我吗？您在点头吧，您发来的邀请引起了我的高度重视。

去拜访我那些比利时朋友之前，我本计划在巴黎转机，但是您的热情邀约使我确信，如果我这次不去菲尼斯泰尔看看，就会死不瞑目（不是因为我赶着与死神约会，而是因为我属于那种如果能立刻探秘险境，就绝不会拖到第二天的人）。

所以，后天下午两点十五分，我将现身布雷斯特。言既出，那么无论您希望再见我与否，我都不会推迟这次行程。说到这儿，请注意了，您有以下几个选择：可能您贵人事忙，在这种情况下，我将只身一人找去您的所在地；您可能后悔发出这个邀约，但我会在不给您多添麻烦的情况下，照原计划赴约；也有可能您除了接待某个不怎么熟识的游客、为他的布列塔尼海岸之行带路外，恰好无事可做。如果我有幸遇到的是最后一种情况，那么我将在布雷斯特机场恭候您，直到下午四点。

　　我敢打赌，您将在我飞抵当天收到此信。我故意为之，这样一来，您将只有几个钟头来做决定。通常在紧急情况下，人们会做出最佳选择。虽说我的专长依旧是打扑克，通常我也会将自己的命运压在一颗骰子上。自从我以这种方式经营生活，生活就变得愈发简单。我从未后悔这么做。

　　希望这天还会是我的幸运日。

　　亲亲。

　　　　　　　　　　　　　　　　　　　　　　威廉

西尔维斯特写给安莉丝

莱沙耶

2016年7月8日

我就不该在6月给您写信。扔了我的上一封信吧。您的定期汇报丰富了我的夜生活。过去几个月里，我重新提笔写作，先是缩手缩脚，然后越写越顺，直到我听见一种迫切的渴望，在叫我释放体内滞留多年的能量。我舍弃了旧稿，决定重启一个毫无自传性或几乎不存在自传片段的新故事。我知道这一切的价值，而这一切都要归功于您。

如果时间倒回到2006年，我得知自己的书正懒洋洋地躺在洛泽尔的一处阁楼里，准备迎接它的读者，陪他走一程，甚至施以援手，那么我这十年的生活可能会有所不同……

从我们二十岁的视角来看，生活似乎是友好的，即便我们怀疑它将在我们的前路上设下障碍，我们仍觉得自己已经准备好面对海上的狂澜、天上的风暴，以及大都市的摧残。过了三十年，人生旅途似乎没那么容易了。夏天的雷雨留下了让我们举步维艰的沟壑。因此，我们回望来路时，告诉自己都是因为准备不足，都怪祖先往我们基因中塞入了别人没有的弱点。我们对自己说，我们出生不是太晚就是太早，这样的时差命里注定。我们对自己说，我们是被路标误导，才开过了某个路口。我们更爱对自己说，机场和车站从我们这里偷走的东西，远不止几页稿子。有什么关系！如今，我能平静看待人生的败落，能把追踪小说的所到之处看成玩俄罗斯套娃：我每到下一站，都会迎来一个新人物，而这个人物又隐藏在另一个人物里。

因此，我要感谢这位像查理一样的陌生人。我试着想象他从机场的座位上拿走属于我的财产，然后视若珍宝地带回了自己家。他创作的结局与我构思的截然不同，我倒认为他的版本给故事增添了更多价值。如果您还没有对我的忘恩负义而大失所望，如果我们还能不计前嫌继续联络，我呼吁您这位资深读者对我的新作发表高见。您会接受我的请求吗？还是将我从您的通信录中剔除？

我理解您家人的不安，对此我深感抱歉。请您通过抹黑我、吐槽我来尽可能让他们放心。出于保护家人的目的，这一切都会被正当化。

但千万别取缔我们之间友好的通信往来……

要知道我不是唯一在等着您回信的人。一旦我们就此停止联络，邮递员只好更改他的派送线路。他目前还能以给我那褪色信箱投递的名义，敲开我的门户，越过我的领地，走一条他通常无权访问的私人捷径……这条路线为他节省了宝贵时间，而且比他本要走的公路平坦许多。我说这一切，是为了让您谨慎考虑邮件突然中断会引发的意想不到的连锁反应。

顺颂夏祺。

西尔维斯特

P.S. 感谢您抽出时间在7月给我写信，此时，您应该也像我们大多数同胞一样，准备迎接日光浴主题的带薪假期。从现在起，我们要忍受电视台连续六周滚动报道假期的欢乐以及幸运儿们的完美路线：先把车开上高速，后辆抵着前辆排队（我们青年时代的交通预测系统去了哪里？），然后在地中海沿岸扎营，一边在露台上用餐，一边欣赏通向厕所的小巷，最后去拥挤嘈杂的海滩，踩着油腻腻的沙子，展示毫无血色的赘肉。

麦吉写给安莉丝

狐狸海角

2016年7月9日

亲爱的莉丝：

我已经收到了著作的副本。联系你给这部小说的背书，我不得不坦言，它令我失望。我已经做好了会倒抽一口气的准备，誓与主人公们同命运共呼吸。为了更快抵达结局，我不惜牺牲睡眠……可这类体验哪一种都没有发生。故事如此普通，我真想知道是什么将你迷得神魂颠倒。

直到第二天半夜，这句话开始让我明白了我的内心。非得翻完最后一页，我们才惊察自己正被美好感染得越来越深。我们用吝于施舍的仁慈对待与我们擦肩的人，终了，我们将这种宽容扩大至对自己的反思。我得承认，这个故事在帮助我微笑，帮助我平衡那些将生活变得滞重的琐事。无论如何，这就是我今早起床时的奇怪感受，与此同时，我还收到了一封让我乱了方寸的来信，我就不对你透露更多了。莉丝，你知道吗，我在接下来的几个小时内必须做出决定，一想到此，我就战战兢兢。不管怎样，当你读到我的信时，这道选择题连同它的后果都将成为过去。因此，我就没有必要在这里为你细数应邀或者不予回应可能带来的不便了。

千万别担心，我几天后就会告诉你这事的更多细节。我现在必须告辞，因为我有一场赛跑要参加（意味着我已做出决定，感谢你的相助，即使你是无心的）。

我从没有像现在这样，因为不用电子邮件也不用个人电话而得意，因为我知道，不这样做的话，你读到这里一定会打爆我的电话。

深爱你的失联好友

麦吉

P.S. 今天早上，布列塔尼上空又飘来了乌云，灰色的日光将掀开所有美景的面纱，这让我高兴坏了。布列塔尼的蓝天总是冒充南部的天空迷惑我们，因为这里也常见南部引以为傲的强烈到令人不适的颜色对比。至少今天，我知道我所有的印象都将被罩进半明半暗之中，可这种朦胧的色调只会使我着迷。

P.P.S. 没有男人可以参透女人的敏感神经，这与人们试图灌输给我们的恰恰相反。你的朱利安就差点正中他们下怀。算了。但他的性格真是罕见。你不管什么时候都知道他在想什么。纵使看到你脚下的地面塌了，他也待在原地一动不动。所以，除了"男人永远无法理解女人"这条不断被印证的真理，我们对男人还能期望什么呢？

安莉丝写给麦吉

莫里雍街

2016年7月11日

你这个故弄玄虚的女人！

我知道你迟疑不决的原因，就不劳你告诉我了！你陷入了哪片险滩？你能跟我解释一下你对格朗先生搞的鬼吗？而且千万别对我说是我撮合了你们，我全盘否认！我没有忘记你发表的现代女权主义演讲，你扬言你渴望独身，你要一个人散步，远离男人和他们对女人强加的束缚！说这些话你不脸红吗？

我责令你尽快回信，揭发这位"眼神摄人心魄的男士"（这是你的原话！）在菲尼斯泰尔的所作所为。不要捏造故事，因为我很快就会见到这个流氓，我会让他老实交代的。至少你要让我知道，究竟是他灰色的瞳孔引诱你跨出藏身之所，还是他迷人的口音，抑或他往阁楼拾到的手稿上题诗的四溢才华？

去吧！我的谴责点到为止，我等着听你讲述的版本。但拜托你不要太容易上当，想想站在你面前的是一位扑克职业玩家，他的王牌主要是虚张声势……

　　尽管我对你吐了这么多怨言，我仍迫不及待想会会这位绅士，因为他设法使我最好的朋友背叛了她多年自我流放的隐居生活。

　　回头见。别吝啬任何细节。

想你的

莉丝

　　P.S. 记住，曲解女性这一条也适用于英国男人！

麦吉写给安莉丝

狐狸海角

2016年7月13日

嗨，莉丝！

你卸下所有戒心了吗？你知道它们是没用的。我只是不顾一切地答应了威廉会在他为期三天的短暂旅行中做他的向导，就像当初你把我空投到伦敦时，他为我做的那样！

我喜欢迎着清晨的曙光踏遍海滨小路，事实证明，我的客人也对刚睡醒的大自然很感兴趣。我们聊了很多，我告诉了他最近困扰你的烦恼。他对我们的冒险充满热情，所以他让我带他去了罗斯科夫，在那里我们找到了那位服务生和他的情人。周日晚上，我们四个还一起去餐厅吃饭。

那天我想到了你，你也会喜欢这项提议的。我们这些来自不同背景的人，要是没有你的干预，永远不会有交集。因此，尽管你固执并错误地影射我与这位具有破坏性魅力的英国–法国–比利时人的关系，但我感谢你促成的这些美好的邂逅。威廉为他的失约向你道歉。他不会在巴黎停留，而是直接前往洛泽尔，着手调查小说作者的身份，然后再去比利时和美国，因为他必须参加在这两地举办的扑克联赛。

他和你一样热衷于解开这个谜团，但是当我跟他讨论他写的诗时，他像就牡蛎一样闭口不谈……他告诉我他醉心诗歌，但是他说这话时的语气有些心虚，我怀疑他是否是我见过的最糟糕的骗子（你认为我应该开始学打扑克吗？）！

亲爱的莉丝，这就是你要的完整故事。的确，在为这个我几乎一无所知的男人打开家门之前，我犹豫再三，终于，我还是决定放下戒备。对此我并不后悔，我们一起度过了美妙的三天。这位客人总是异常体贴，并且知道如何与我保持适当距离。此外，我不记得那些我在这儿接待过的人里，有谁比这位威廉先生更缺乏侵略性。第一个晚上，他就在我旁边做菜，我们聊了聊儿童文学，我向他透露了我的职业，还把他领进了《查理在哪里？》的童趣世界（就为找那个红衣小子，我们玩了至少一个小时！）。威廉可能是唯一一个不知道马丁·汉福德的英国人（也许他更偏比利时人一点），幸而我已针对他的这一块盲区实施了补救。相反，他对别的盎格鲁–撒克逊作家倒是如数家珍。离别之前，他提议我俩端着装好咖啡的暖瓶和几块煎饼去海角共进早餐。我们去那儿是为了看日出。在时刻变换着造型的海景面前，就我们两个看客。我们坐下来，面朝翻覆的漆黑大海。第一杯咖啡下肚，海面也铺满了金色涟漪。当我们离开时，它已穿好了一块合身的钢铁色铠甲。

多亏有你，我才结识了这位异类（还是个职业扑克玩家！），但他是个有意思的人，我无疑会与他在接下来的几个月里保持联系。因此，请打住你的八卦之心，不如看看我标出日期的那几天你是否有空，因为你送来的啤酒瓶盖雕塑让我对布鲁塞尔之行的渴望增加了十倍……

回头见。

单身万岁。

麦吉

P.S. 你说你给巴斯蒂安带了一尊五十五厘米高的尿尿童子像，真的吗？你是在会议中途把这份大礼送给他的，还是在喝咖啡的休息时间不经意地放在了他的办公桌上？

安莉丝写给西尔维斯特

莫里雍街

2016年7月14日

亲爱的西尔维斯特：

　　我很荣幸能担任您新作的首席读者。看到我们的关系还没有冷却，我的心就踏实了。

　　考虑到尚有几天假期可用，我打算和好友结伴，再次出征布鲁塞尔。由于工作不允许我玩得太久，我只好顶住您在信中所描绘的南部沙滩奇观的诱惑，于8月初返回办公室。再过三个星期，我还要去儿子的学生公寓监工装修。因此，我将留出8月的最后几天挥笔作画（其实是刷墙，我得谦虚），并组装由那些笑点奇怪的北欧人成套出售的家具……

　　那个曾拉近我们距离的查理还是被跟丢了，格朗先生承诺他会在家人中间着手调查。可是，您的书拥有联结人心的力量，对此我从没有怀疑过，您应该带着这份责任感写下去。所以，我很想知道您下一本小说的主题。您能透露点给我吗？好让我的耐心坚持到它问世的那天。

从我给您写信的地方（我坐在办公室的写字台前，晨光倾斜地照进来，将人唤醒），巴黎的一处公园一览无余。公园里挺着一棵俏树，几周以来，我在进行您教我的冥想练习时，总忍不住去看它（就应当这样，对吧？）。我得承认，冥想使人神清气爽。这就是您的秘方吗？您的树懒同类是否也靠在专注的冥想练习中汲取营养，才得以从容地了解周围世界？最关键的是，三十多年前您就有了这番高见，您难道就是冥想术的鼻祖：

　　我走在她身后，安静地观察她。我没有任何欲望炫耀我对她的所有权，或向世界大喊"这个女孩属于我"，没有。对我来说，一天二十四小时都可以看着她就足矣，在清晨半明半暗的柔光下，在每时每刻都发生意想不到变化的光线中，我重新认识她，她在我眼中又陌生了起来。

希望有朝一日您能告诉我这首田园牧歌的结局。您为了让我降低期待，暗示真实情况不如查理创作的故事有趣。但我得停止对您进一步追问，不然我怕我的好奇心会逼得您又一次疏远我。对我来说，除了您那位邮递员的安好，已没有什么要紧事了……

肝胆相照的

安莉丝

P.S. 您究竟隐居在哪个偏僻角落呢？以至于邮政工作者没有任何交通工具可用，只得闯进客户领地才能投递邮件？所以，人们偏爱用电邮交流是有道理的。

P.P.S. 我几乎无需操心紧张的家庭关系。即使我经常挂念您的小说，我也不会在家人面前提及。

威廉写给安莉丝

贝尔波勒，热诺亚克
2016年7月14日

亲爱的安莉丝：

这样的开场白似乎太失礼了，但自从我在麦吉那儿听了那么多关于您童年时代的逸闻后，我就再也无法尊称您为布里亚尔女士。此刻，我就在位于洛泽尔的老家农舍里，您要是有千里眼，就会看到一个像虱子一样脏、浑身缠着蛛网的男人。我比任何时候都要不修边幅，因为在过去的三天里，我清空了从地窖到阁楼的每个箱子和抽屉。如果您知道我母亲是一个从不乱扔东西的人，并且这个原则已经被她贯彻了整整二十年，您就能对我揽下的任务有大致的概念了。

我最近一次对这栋房子做大扫除，可以追溯到十二年前我父亲去世的时候。那时我说服母亲搬去和我一起住（我住在伦敦郊区，工作比较稳定），但是她在英格兰的时候从没有在家的感觉，她更喜欢待在有亲朋依靠的比利时。

我为她在布鲁塞尔附近租了一套公寓，就离您下榻过的酒店不远。细节我就不说了，您只需知道洛泽尔就是手稿出现的地方。事实上，是我在收拾父亲的遗物时，发现了手稿。有一阵子，我还以为父亲就是这本书的作者，但鉴于我从未在家中见过打字机，便打消了这个想法。

我还没来得及问我母亲这本小说的来历，她的病情就恶化了，以致将她彻底与我们的世界隔离开。在那之前，她还清醒的时候，她经常表示希望回到与我父亲一起居住的洛泽尔老家。因此，我顺从她的意愿，把她带回了这里。我会经常过来小住几天，以确保她的健康。每当我来洛泽尔避世（我向您保证，这里很容易迷路，如果麦吉答应过来找我，她也会有同样的体会），我都会在入睡之前读一读这本小说，在上面草草写点诗句。

唉，已经过去七年了，我母亲还没能进入我们的世界。她住在护理中心，距离她的农舍就半小时路程。要是我无法如约前来照看，她过去的邻居们会热心地每周去看望她一次。

您一定想知道，为什么我们彼此还未谋面，我就敢告诉您我的家庭不幸。因为我找到头绪了。我在整理文件时，发现了几张聚餐席间拍的照片，时间是1996年，我父母和几个朋友正为某事庆祝。在其中一张照片上，我注意到那本手稿就放在花园的桌子上，被一堆玻璃杯围在中间。所以我跑到邻居家打听。令我惊讶的是，伯纳黛特（这是我母亲的朋友）看到这些照片时泪流满面。她的丈夫请我离开，说伯纳黛特不在状态，没法与我对话。这一点我自己也看得出来，可他们似乎认为我缺乏最基本的同理心。

总而言之，我希望您能在日程安排允许的情况下，尽快前来洛泽尔。直觉告诉我，伯纳黛特痛苦的缄默就与这本小说有关。我想知道这事是否牵扯到我的家人，可我那些好邻居不会理我。麦吉曾在我面前称赞您在处理人际关系和劝人敞开心扉方面天赋过人，我认为您将比我更有能力取得他们的信任。相信我，房子状况极佳，随时欢迎您光临。您大可与家人一起过来，这里的卧室充足，还配有三间浴室。我将去美国赴赛，为期十天，但伯纳黛特家留着一把备用钥匙，请务必把这里当作自己的家。我曾经跟麦吉提到过洛泽尔，我敢肯定，她会在这里找到可与她的村庄媲美的空寂。只不过，亲爱的安莉丝，我担心遭到她的拒绝，请您帮帮我，说服她陪您一起前来吧。

我也知道提这种要求有多反常。我并不是那种会为几乎不认识的人打开家门的人，但是，让我们相遇的起因其实和我现在的请求一样疯狂。我一直以来的习惯是在付诸理性之前，先让自己的情感和本能说话，今天我的直觉告诉我，我必须这样做。

我希望您能跟我继续深挖下去。我们最终会在这栋房子里见面的，您的研究对象这么多年来就藏身在这儿。

感激不尽的

威廉·格朗

安莉丝写给麦吉

莫里雍街

2016年7月17日

亲爱的麦吉：

立即换掉你要塞进行李箱的衣物，因为我擅自做主，更改了我们的度假目的地。有人邀请我俩去洛泽尔做客，所以我们先别去布鲁塞尔啦！洛泽尔有栗子代替巧克力，有屈埃扎克酒代替啤酒。

我仿佛听见了你的尖叫和惊呼，所以我在下方插入一行空白，方便你尽情地对我口诛笔伐……

你好点了吗？可以容我解释了吗？

昨天早上，我收到了你那位迷人访客的来信。他找到一条线索，有关将手稿带给他父母的神秘人。如你所知，他很快就要去美国了，但是他给了我们他家的钥匙，便于我们实地展开调查。洛泽尔看起来很美，我们也带上凯蒂娅吧，她正愁着不知如何打发漫长的暑假（我怀疑我老公想派女儿来监视我，尽管他解释了一堆，但仍看得出他不满意我又要为这本小说开始奔波。我痛快地接受了让女儿作陪的提议，这样就能使我免于一切怀疑）。

毕竟我还冒昧邀请了西尔维斯特随行。威廉头几天不在洛泽尔，但他周末会赶回来与我们团聚。我迫不及待想亲自验证那双灰色眼睛在女人身上产生的效力。他反复坚持要我带上你，由此我明白了你们的关系并不像你要我相信的那样浅显。他似乎是一个对他想要的东西志在必得的人，所以他声称请我们出席是为了帮他调查，这个理由没法说服我。

因此，别犹豫了，告诉我你是不是要来巴黎和我一道启程，或者你更想独自前往洛泽尔。

盼复。

爱你的

莉丝

P.S. 不要发脾气，我已经打听好了这次的住宿，值得期待！

P.P.S. 请注意，我还没有对你的上一封信发表意见呢……相反，看到挚友竟会对她早已看过一千遍的日出叹为观止，还模仿少女的口吻来分享她早上的观光成果，我表现出了习以为常的淡定……你猜洛泽尔的日出也会这么迷人吗？

安莉丝写给西尔维斯特

莫里雍街

2016年7月18日

亲爱的西尔维斯特：

　　我在您的答录机上留了三则语音！机器出故障了吗？还是您给它设计了一个程序，好让它过滤掉所有来自巴黎的电话？或者更直白地说，不管是只身前往还是带上妻子，您都拒绝来洛泽尔？

　　不要告诉我，您还没有告诉她！

　　我们将于7月27日星期三出发，在此我重申我的拼车建议。如果您担心自己忍受不了在七个小时的车程内听三个女人扯闲篇，我已随函附上地址。我们只用在那儿逗留短短一周，我将带上我的女儿（自从她的哥哥去度假以来，她就一直像痛苦的幽灵一样在公寓里飘来荡去），威廉·格朗向我保证他家的房子足够大。那是一个典型的塞文山脉地区的农舍，建在山坡上，被拥有百年历史的古木环绕。每到秋天，最好吃的栗子就是从洛泽尔的土地上捡来的！

加入我们吧，我们终于有机会面对面交流，而不用依仗邮递员的可靠速度了。

回头见。

祝好！

安莉丝

P.S. 如果以上还解释得不够清楚（或者您属于无法听出话外音的那类人），我想补充一点，如果您不对这个请求做出回应，我会非常生气……

安莉丝写给威廉

莫里雍街

2016年7月19日

亲爱的威廉：

　　感谢您的邀请，即使我已从麦吉那儿得知您对这本手稿的依恋，我还是感动得无以言表。首都地区难熬的高温使这次的洛泽尔之行比以往任何时候都更加诱人。

　　因此，您大可放心，我，以及我那正在放假的十六岁女儿都会按时出席。我的希望就寄托在您迷人的灰色眼睛上了，要是我女儿有什么出格举动，希望在您的目光注视下，她能听得进去道理，因为她正处在叛逆期，看不上我的业余爱好和我结交的朋友（不要把这些话对麦吉说，否则她会把我的眼睛戳瞎的，即使它们只是普通的棕色，我也分外在乎）。老实说，我希望周围陌生人的出现能够安抚她的倔脾气，并让她更能体察十六岁以上人群的兴趣点……

　　至于我们那位共同好友，我能向您保证，她会现身的，即使她为维护自己的高傲而一再推脱。如您所见，一旦有个男人朝她的方向走去，她往往会拔腿跑掉。另一方面，我怀疑她对热爱周游世界且多门语言傍身的扑克选手有某种偏爱，您想想其中的缘由吧（当然，这些都是我们之间的秘密，而且她的好恶与您无关，除非您对连两个英语单词都说不到一块儿的隐士也情有独钟。）！

我必须告知您，我还邀请了西尔维斯特·法默尔。我还没有得到他的答复，但是我希望他会渴望见到他的读者，同时，这些读者也相继成了他小说的非法占有者。

您应该认定了我是一个随便的人，竟擅自带着家人和朋友霸占您在洛泽尔的私宅。可是，这个故事让我越陷越深，也唯独这个原因，才解释得通我对您的所有冒犯。当我们有机会见面时，希望能改善您对我的看法。

待行程安排妥当，我将向您发送我们抵达的日期和时间，以便您可以通知您的邻居。

感谢您组织了这趟旅行。

祝好！

安莉丝

P.S. 这封信将寄往您留给我的酒店地址。由于我对美国人以及横跨大西洋运件的信心有限，我将通过电话向您再次确认我们的抵达时间。

麦吉写给安莉丝

狐狸海角

2016年7月20日

嗨，莉丝！

你在上一封信中留下的空白根本容纳不下我的怨言。你在想什么呢？当我们被一群陌生人包围时，还有度假可言吗？我们想要的是密友间的单独约会，你却搞成了一个冒牌的地中海度假村[1]游！先说明，如果气氛变得难以忍受，我不会扮演亲善的地陪角色，而会毫不犹豫地扔下你先走。这就是为什么我要自己开车去那里的原因，我准备好了在第一时间逃跑。其次，如果是威廉希望我去的，他何故不亲自写信告诉我呢？恐怕你那套强迫作家和女儿出席的手段，还想在我这儿故技重施……房子的主人会对这样的入侵作何看法？

再三思考后，我觉得我最好留在狐狸海角，欣赏水面上阳光的反射。比起屈埃扎克酒，苹果酒带给我的灵感更多。如果

1　地中海俱乐部（Club Med），知名度假村集团。——译者注

我决定去洛泽尔，那只是出于保护你女儿的考虑。一个神志不清的母亲带着女儿住进一栋未知老宅，还有一个谁也不曾见过的作家要来……没有人比你更懂作家，他们通常是精神失常的怪胎，阅读他们的小说要比分享他们的生活更可取：不一定更好，但总是更节约时间，且风险更低！

那朱利安呢？他没有任何异议就同意放你去深山老林了吗？除非你又利用我的存在给你打掩护……莉丝，我觉得自己又回到十五岁，不得不向你的父母撒谎，好让你去咖啡馆和洛朗约会！不过，你别忘了这一切是如何收场的：你以为的幽会不过是一场保龄球比赛，你因为得分屈居最后而羞愤地回了家！

至于威廉，你提到他时言辞闪烁。我不希望你扮演媒人，因为你很清楚，我的生活中没有给男人预留位置。我想了一想，我可能美化了他灰色的瞳孔。平心而论，这双眼睛一旦回到栗子中间，便不会像在海边时那样，被衬托得如此出众。我建议你把关于他的任何影射都留给自己。

周六晚上，我将去阿加特的酒店，我答应了要帮她组织一次生日聚会（放心，我不会掌勺的）。所以，如果你临出发前还有新信息要通知我，你可以打电话给酒店，向我解释我们去那儿要完成的任务，以及进入塞文山脉森林腹地应该遵循的路线。

星期六见。

不管怎样依然爱你的

麦吉

P.S. 一个建议：去保龄球馆做一些训练吧，你永远不会知道未来会发生什么……

西尔维斯特写给安莉丝

莱沙耶

2016年7月21日

您就是被恶灵派来骚扰我这个年过五旬、缺少娱乐、安于平静之人的使徒吗？当我在信箱里看到信封时（我从屋内就望得见，因为自打北风刮掉箱门的那一天起，我便任由它保持敞开状态），联想到将在信中读到的内容，我真有点儿发怵。

嗯，我应该去洛泽尔！闯进一个素未谋面之人的地盘，与陌生人共处一室，且这些人通过阅读我三十余年前写的文字，已识破了我的内心！

我不会去的。

我以为我对你一再打来的电话保持沉默足以亮明我的态度，可见事实并非如此。安莉丝，也许是时候让您知道您在与谁打交道了。

我出生在比利牛斯山。那是一个靠石头赢了所有战役的地方。岩石支配着每座房屋、每棵树木、每个人。住在山里的人接受了向岩石低头的命运，因为石头看着他们出生，也将看着他们死去。石头就是他们的永恒。当人们离开这个地方的时候，会随身带走岩石的静默声和森林的沙沙声。我们以为这种天性会在城市生活的日日打磨下被遏制，但每天晚上，它都能重新掌权，钻进梦中，送来狂风从山顶一泻千里的暴虐，洪水携泥浆滚入山谷的轰鸣，和令几代山区居民闻之颤抖的恶灵传说。

我父母有两个孩子。长子叫皮埃尔，次子叫西尔维斯特。这两个名字道出了一切[1]。我哥哥颇有先见之明地留了下来。若一个人是在山顶的阴影下长大的，他在地铁的过道里就不可能待得自在。这个人试图将就一下，直到身体开始反抗。我的这一天发生在五十岁。第一次发作是在比利牛斯站去往贝尔维尔站的地铁里。那是我第一次住院。他们说我由于不良的作息，加上过长的通勤时间，导致了过劳昏迷。第二次失去意识后，医生建议我买车，以在交通拥堵中获得相对的清静。第三次发作后，我在公司心理医生的干预下，得以在凉爽的清晨找一片有灰色石头的地方进行远程办公。我的妻子在巴黎工作，所以

1　"皮埃尔"在法语里即"石头"的意思。——译者注

我无法住回比利牛斯山。于是我们就撤到了北部，离首都的距离尚可接受。我们买了一座面向地平线的老房子。在这个土地低价出售的村子里，有些零散的小屋供沮丧的城市居民容身，他们靠宽带与世界连接。这里还住着赤贫的退休人员，他们以低成本应付生命的终章。

一旦躲进大自然的心脏，我的那些不适就不那么频繁发作了，但是，我彻底耗尽了人力资本。我再也受不了人类的存在。我以慢性疲劳症为借口，对身边的人隐瞒了一段时间，我骗他们这种病让我离村子不得，后来是离屋子不得。地平线越来越近……

在这种令人窒息的禁闭中，我的妻子和女儿逃了。她们各自投向了某个救星的怀抱。这种早就潜伏在我体内的恶疾，为了让我接受与它单挑，不得不先驱赶我的家人。

所以我必须拓宽界限。独居生活了两年后，我回归文明世界，能跟邻居进行两到三句话的交流。只要我避开大城市，避免与人接触，我就可以再次开车。我就是所谓的无法适应社会生活的人。

我愿意陪您去洛泽尔。真的。但我会一个人前往，因为在我和妻子共同生活的那些年，我从未与她谈论过我的那段人生。对您来说，一个成熟男人还做这种掩饰是幼稚的，但是我所持的依据是，我确信不会有女人（也不会有男人，这点作为男性的我可以向您保证）渴望知道她被选择的原因，是因为她丈夫对找回青年时代的爱情已不抱希望。

请不要把我视作伪君子，我的意思不是遗憾逝去的青春，亦非追悔曾有妻女相伴的幸福时光；我只是承认，我在书里描述的那种令您动容的爱情，自从它在那个遥远的年代被印成铅字以后，就再也没有重燃的机会。我相信，只要我把这些文字交到妻子的手中，她一看便可洞穿一切。但是这种情况不可能发生，因为我们已经分开四年了……

我知道在此事上我不够坦诚，我也不否认我曾在您面前粉饰自己的家庭生活。从读到您的第一封信起，我便认为，对您而言，与一个已婚且据他自称人品稳重的异性以文学为目的进行讨论，比起与一个单身男人私信往来更为妥当。我想在避免产生误会的前提下与您深入交流，所以我选择对自己的处境避而不谈。出于同样的目的，我对自己的疾病和厌世也只字未提。

我按自己的节奏履行工作职责，不受任何行政约束。我推断我干的活儿其实对雇用我的公司来说没什么用，因为我提交的报告已经好几个星期没有被阅读了。我怀疑人力资源经理特意虚设了一个适合我这种精神不正常人士的岗位。您不用为此心酸。我甚至会对我们的社会报以崇高敬意，因为这个社会如此井井有条，以至于它为每个问题都提供了解决方案，每个罐子都有盖子，每个个体都有一套行政管理对接，无论这人异常与否……

就是这样，希望这能帮您更好地理解我无法赴约的原因。我会在精神上伴您左右，别的请恕我无力提供更多。

西尔维斯特

安莉丝写给西尔维斯特

莫里雍街
2016年7月23日

亲爱的西尔维斯特：

感谢您在上一封来信中给予我信任。这封信看得我心痛，但您仍设法让我笑对……

人们总以为有能力支配自己的根系……然而事实不遂人愿。这些根似乎自我们一出生就扩散遍全身，可我们却想隐藏它们，到头来一无所得。既然您已经看开了，您就不能继续前进吗？就算同时要背负过去。您真的必须关门闭户才能听到风的声音、感受到自然的力量吗？即便如此！还是来洛泽尔吧！我打电话问了威廉，他证实了我的预期：我们要去的村庄统共才四栋住宅，其中仅一栋常年有人。迎接我们的村落依山而建，地广人稀，丝毫不逊色于您的比利牛斯山脉。威廉家有无数房间，如果您受不了我们的聒噪，我们可以留出整栋翼楼供您一人隐居。西尔维斯特，这个地方就是为您打造的，所以带上您的厌世症来洛泽尔吧，在这儿，行事再孤僻都不为过。您会在路的尽头遇到同样负伤赶来的异类，即使您还不知道他们是谁。没有人是不留着疤痕继续生活的。见见我们，在动荡中您会感觉不那么孤单。

如果您与我们一起搭车，您将穿越一片寂寥的空地，那是由被首都遗忘的散落村庄组成的土地，上面存在着另一个法国，远非在欧尚打发周日或在南部海滩度过带薪假期的法国。这种实地观察会让您欣喜若狂的……

我们将准备好您的房间。下周见。

您的朋友

安莉丝

威廉写给安莉丝

花街大道，法拉盛
2016年7月24日

亲爱的安莉丝：

　　您替我在洛泽尔组织的这次聚会，我乐见其成，并且我确保会尽快处理掉这边的所有工作。我能有幸在书迷中间待一天，真让人兴奋……我通知了邻居，她也为能有几天在周围见到人迹而高兴。她还会负责为我母亲协商出院许可。重返故居兴许能勾起母亲的回忆，把她还给我，哪怕就几个小时。每次我都抱有这样的幻想。直到现在，母亲依旧是老样子。

　　当然，我很开心得知麦吉跟您提过我的事。可惜了，如果说二十岁的时候，我的眼睛还多少能掳获芳心，那么它们现在已然不足以引起女士注意。我希望我的内在和友善比我瞳孔的颜色更受关注。

　　其实，在这几天里，我发现自己格外欣赏那些连两个英语单词都组装不到一块儿的隐士。难以置信的是，我隔了这么长时间才意识到这一点……我相信您会妥善保管这些话的，以免被可能害怕听到谬赞的人听到……

回头见。

威廉

P.S. 如您所见，无论风向如何，邮件都能飞越大西洋直抵目的地。我打赌，信送到这里的速度比寄往洛泽尔的偏远山区要快得多！我往贝尔波勒给您写信，就是在试图让您与美国人达成和解，他们并非身处法国的您所以为的那样。据说，法国人看待所有缺了几个世纪历史的国家，都带着祖传的优越感。

安莉丝写给朱利安

贝尔波勒

2016年7月30日

我的朱利安：

这次的旅行太惬意了！

我知道你通过凯蒂娅就能获取每日情报，她只要一不在我的视线范围内就立即使用，不对，是滥用她的手机。相信我，你也会希望和我们一起来度假的。这三天，我们就像1968年后的公社那样生活在洛泽尔的这间农舍里（放心，没有酒精，也没有毒品！）。

威廉确实迷人。他是在前天晚上到的，比预定的日期提早了两天。威廉在各个方面都能与我们想象中的样子一一对应。他是一位非常英俊的绅士，拥有平滑的脸颊和精致的双手，这是我们法国代表团与英国贵族的天然区别。他对每个人都体贴入微，我必须承认，那双清澈的眼睛的确能令富于浪漫幻想的女士侧目（不包括我，我向你保证）。

你赌赢了：西尔维斯特昨天早上与我们会师了。不过，我俩都误判了他的长相。威廉有多鲜亮，他就有多晦暗。当我们还在把他描绘成一个习惯昼伏夜出的苍白病人时，推门进来的却是一个深棕色皮肤、三天没刮胡子的大高个儿。这种户外工作者的体格没法让我们联想到安静的力量。无疑是因为他顶着的一头蓬乱的棕色头发，或者是因为那双深不可测的黑色瞳孔闪过的不安目光。在最初的几个小时里，他退居我们身后，默默观察大家。然后，我们一起重读了小说的结尾部分，下午只是关于第二作者身份的一系列争论。

随后，威廉向我们展示了1996年拍摄的那组照片。在其中一张上，我们可以看到西尔维斯特的书被摊开放在桌子上，好像有人为了过去取一杯开胃酒，顺手将它放在了那儿。为了弄明白这事，我扎了一小束鲜花，去邀请邻居们过来共进晚餐。那天晚上，餐桌上坐了八个人，新加入的是邻居夫妇和他们在阿莱斯担任图书管理员的女儿爱丽丝。我和她一见如故，因此私下里告诉了她一切。

她在昨晚读罢小说，今天就趁早餐时间把书还了过来。我们严严实实地裹在夹克里，去户外喝了一杯咖啡。这个海拔高度的早晨真是异常寒冷。大自然一点点苏醒，升腾起大雾。爱丽丝向我复述了昨晚她与母亲的谈话。

拍照那天，是爱丽丝的一位舅舅带来了手稿。伯纳黛特如释重负般，对女儿讲出了她那个年纪最小的弟弟的名字。全家人都叫他"可怜的大卫"。在此之前，仅凭这个名字，就足以终止任何讨论，显然谁要是提了，就会刺痛伯纳黛特。这个排行最小的孩子是家族禁忌，年轻一辈也不敢妄议他们走上歧途的舅舅。

大卫在七个子女中年纪最小，爱丽丝的母亲伯纳黛特最大。小时候的大卫是一个神童，待人随和，成绩出众。十一岁那年，乡村老师说服了他的父母，将他送进了阿莱斯的寄宿学校，在那里他拿遍了从数学到语文的所有第一名。他是家族里唯一一个高中毕了业的孩子，每个人都等着他当上律师。凭借出色的成绩，大卫前往马赛学习法律。他在港口靠给船卸货赚钱，为了尽量减少开支，他还搬去了一个在港口结识的朋友家。从那以后，这个前途无量的年轻人好像发现，跟着室友那帮专门从事别墅盗窃案的朋友干，拿到的钱更多。大卫曾经多次被抓，但是他对法律的谙熟教他如何避开重刑。起初他的判刑从未有超过一年，直到他在贝尔波勒被宪兵队逮捕。他被指控对一家银行组织恐怖袭击……

伯纳黛特受到的冲击远超其他兄弟姐妹，因为大卫一直是她最疼爱的弟弟。想想当她得知大卫被判处十年监禁时的感受……然而，就算是这样的教训也无济于事。大卫被关押了八年之久，一经获释，就重操旧业。一年前，他再次锒铛入狱（看来这是一个持之以恒的人，没有什么能改变他的职业规划！）。目前，他被看押在维伦纽夫-莱斯-马格隆监狱，应该还要坐几个月的牢。

我要来不及介绍这些奇人异士了。继职业扑克玩家之后，现在又来了一个银行抢劫犯！

自从老七被捕之后，他们一家人就始终没再团聚过。伯纳黛特还记得大卫将手稿交给威廉母亲的那一天：他们对文学都颇有热情，两人一边做饭一边聊书。后来，伯纳黛特当然忘了这一切，她从没问过大卫小说的来历，所以我们也没法知道他是如何拿到了这本书……

昨天白天，威廉的母亲也和我们在一起。有这样一位长辈做伴也不错，尽管她与儿子如出一辙的眼睛因迷茫而不见了活力。她一直坐在窗旁俯瞰洛泽尔的山脉，嘴唇浮上笑意，然后又在无法解释的惊吓中笑容消失，如此反复。她不说话，那些词被锁在她紧闭的嘴唇后面，似乎是怕某些话脱口而出，直到西尔维斯特拿出手稿，把它放在桌子上。发生了不可思议的一幕：老太太为了够到书，从椅子上站了起来。她久久盯着书看，然后轻抚封面，喊出了大卫的名字。偌大的房间里，所有讨论戛然而止，看她恢复了意识，我们一时张口无言。这段记忆为什么仍然能进入那片清除记忆的迷雾？

威廉轻轻抽走他母亲手里的书。那是她在恢复嗜睡前最后的笑容。那一刻，手稿已成往事；我们只体会到了她可能正在经受的茫然和恐惧，这种埋伏在拐角处的疾病也会随时冲出来吞噬我们。扑杀记忆的"癌症"无疑是最恶毒的，因为它日复一日地删除我们的过去。然后我们逐渐消失，直至不复存在。

尽管历经波折，我们还是取得了长足进步。你看，我们已经把西尔维斯特在1983年丢失的手稿所途经的轨迹追溯到了1996年。坚持不懈换来了回报，我们有信心继续把时钟往回拨。不用怕，我没有去维伦纽夫–莱斯–马格隆监狱的计划，我将任务委托给了威廉，他承诺从布鲁塞尔回来后，会立即打听探监事宜（他星期二晚上离开洛泽尔，真是一位不折不扣的旅行达人）。

你发现了吗？光是围绕这本小说离奇的流浪路线就可以衍生出另一部小说。

我们将于星期二早上离开，以避开周末拥堵的交通，咱们最爱的女儿必然已经向你汇报过了（我们自从搬进农舍之后，就一直相处融洽，我想她是喜欢上了这里的气氛，我很高兴看到她又像小时候那样嬉笑，光是为了这一点，我就绝不后悔这趟洛泽尔之行）。

晚上你可以为我们准备一顿大餐吗？自从来了洛泽尔，我们的胃已经养成好吃好喝的习惯了（是的，哪怕是挑食的凯蒂娅）。

你亲爱的

莉丝

威廉写给安莉丝

圣皮埃尔街，布鲁塞尔

2016年8月3日

亲爱的安莉丝：

　　昨天我得知了一个惊人消息，我必须与您分享。

　　在您返回巴黎后，我也离开了贝尔波勒，为了去比利时找我的表姐伊拉娜，她与我母亲关系甚密。我寄希望于她们之间的情谊，所以告诉了她母亲见到手稿时的异常反应。伊拉娜知道其中的秘密，在我看到她低下头的那一刻便猜到了。我不得不软磨硬泡近一个小时，她才同意告诉我！

　　伊拉娜和我年龄相仿。在我们还小的时候，会去外婆家一起过暑假。尽管我们各自成长的地方相隔很远，但每年夏天，我们都有机会开心地聚到一起。我在她面前没有任何秘密。我不敢保证这句话反过来说是否成立，因为伊拉娜属于在一旁听别人说话但从不谈论自己的那类人。她会是一个知心姐姐，因为她做了儿童与青少年问题的心理医生。她只为工作而活，从未结过婚，也不想拥有自己的家庭。没错，她是我认识的人当中过得最快乐的那个，她总是被亲朋好友包围，帮助他们就是她最大的幸福。

因此，很自然地，在父亲去世之后，她支援了我的母亲。她们就住在同一条街上，每天见面。有她在，我就放心了。我母亲在得病之前，曾向表姐倾诉她过往的经历。我自己却从来没有分担过她的记忆，也许我以为将来有的是时间……

我承认，伊拉娜揭穿的真相让我无所适从。大卫确实把手稿送给了我母亲，但这不止是一次简单的文学交流。大卫爱上了我母亲，并且这种感情是相互的……大卫的入狱迫使他们分开，那时他四十六岁，我母亲五十五岁。据我表姐说，他们的爱情始于那之前一年半在伯纳黛特家的聚餐。伊拉娜认为他们是一见钟情，并确认这对恋人早在沦陷之前就开始书信往来了。她还说，之所以我母亲在还未患病前想回到洛泽尔居住，部分原因就是她那些重要信件还保存在保险箱里。

我从没在农舍里见到过任何保险箱，不过下周我就会回去探个究竟。安莉丝，请您相信我，我痛恨自己正在做的事，但我不能继续活在不确定里。我们共同目睹的奇迹即可证明我的表姐所言非虚。

我没有告诉麦吉我的计划，因为我猜她会对我不识趣的接近怒不可遏。在贝尔波勒的时候，我试图和她保持距离，可实施起来让人耗尽力气，以至于我无法理解她为何既能散发魅力又能维持超然的风度……如果您从她那儿听到了丝毫暗示，请让我知道这一线希望。

　　我所能做的，就是将我的发现向您汇报（毕竟，"保险箱"很可能只是存放在阁楼的某只旧木箱！）。

　　我知道我正在偏离您的调查方向。我希望您不会因为我选您做心腹而心生埋怨。我的一部分过去正在风化碎裂，俨然一副维护不善的祖宅被遗弃后留下的残骸。

　　　　　　　　　　　　　肝胆相照的

　　　　　　　　　　　　　威廉

　　P.S. 您大可把信寄到洛泽尔，因为我不打算在布鲁塞尔停留超过三天以上……太多的疑问再次将我召回法国。

　　P.P.S. 您的兄弟姐妹还健在吗？

安莉丝写给麦吉

莫里雍街
2016年8月6日

亲爱的麦吉：

你回去之后过得还好吗？在体验了如此美好的公社生活之后，你还能继续与孤独自处吗？

星期四早上，我在办公室重启之前被我撇在一边的工作，这些项目必须在13号之前交给堂弟。虽然我在处理积压的工作时遇到了麻烦，但这是我近两年来第一次，在走廊里碰到巴斯蒂安却没有产生上去戳瞎他的冲动。当然，他还是一点儿没变，精力过剩是他一贯的领导作风（他开始走下坡路了，我见他两鬓都已斑白）。他在办公室四处晃荡，手里拿着两部手机，每当有问题朝他抛来，他就一把抓过苹果电脑，似乎正确答案总能在电脑里找到。他通过推文数量来衡量自己的成功程度，离了社交网络，他就一无所知……你无疑会欣赏他的营销能力，我会在你需要的时候把他介绍给你。

幸运的是，工作上的不快被我女儿的改造成果补偿了。

你和我一样，也看到了洛泽尔之行给她带来的正面影响；你能想到，这种转变在她回到巴黎之后仍在延续吗？回家的是另一个凯蒂娅，她会笑了，还对我的工作和我交往的人表现出了兴趣，尽管做家务对她来说依旧是件极不光彩的事。她一直提到西尔维斯特和威廉，就好像他们成了家庭成员一样。尤其是后者，给她留下了深刻印象。她绝对愿意今年冬天再回到那里，一睹雪中的洛泽尔……我同意你的看法，这个男人的眼睛具有某种魔力，竟然把我叛逆的女儿变成了一个乖巧少女。

我不会忘记在回信时感谢他的功劳，因为我刚刚收到了他的来信。我得对信中的内容保密，但是他惊人的发现使这部小说越来越传奇了。

别忘了，这些发现的代价是惨重的，威廉现在异常脆弱，如果你要给他写信，请弃用你惯用的讽刺修辞……

回头见，亲爱的麦吉。

尽情享受大海的气息吧。

爱你的

莉丝

P.S. 我刚刚收到来自巴斯蒂安的邮件，内容关于我们共同跟进的一份文件。现在是晚上十一点五十五分，而且今天星期六！这个男人从不睡觉的吗？这种多动症必然是遗传了他母亲那支的基因，因为就我所在的家族来看，我们无论执行多小的任务，都需要先保证八小时的睡眠和两升咖啡的摄入……

麦吉写给安莉丝

狐狸海角
2016年8月10日

亲爱的莉丝：

    你说得对，忙里偷闲的这几天让我获益匪浅，我几乎画完了鳄鱼冒险系列的第二卷：《鳄鱼离岛》。我只缺两张插图了。我已经在想象当你阅读第二十三页时哈哈大笑的样子……它影射的是我们十岁时调查你邻居的故事。你有印象吗？我们怀疑他们在露台的石板下面藏了一具尸体，我们还用望远镜偷看他们（根本没有任何放大效果……我觉得这是你父母在加油站拿回家的赠品）！

    然而，你的上一封信给我一种欲言又止的感觉。那个你只提了一嘴但后来什么都没说的秘闻是什么？尽管你在信里处处暗示，但自从我回到菲尼斯泰尔，我就再也没有收到威廉的消息。既然这位扑克选手肯花时间给你写信，那么现在你理应比我更加了解他……

    由此可推断，你所说的魔力是没有根据的，我就是第一个验货的人，可如今，我已经摆脱了那些会扰乱人心的念头。这个男人是一簇鬼火，我绝不想看到我的结局像那些困在布列塔尼荒原中央的游客一样，被地狱受刑的幽灵带走……至少你知道他现在住哪儿吧？他出行如此频繁，我不知道他是否又去了洛泽尔，还是回到了英国首都。离开农舍时，我竟忘了带走笔记本，上面记着我为下一本书画的大纲。如果他与你联系，你能劳驾他把笔记本寄还给我吗？

我很高兴听到你女儿还保持着友好的待人态度。我在洛泽尔的时候，就觉得她很招人喜欢。我想你夸大了她对做家务的嫌弃，我记得在农舍吃到的每一顿饭她都有帮忙打下手。好几次，我撞见她在滔滔不绝地和西尔维斯特讲话，是你女儿先于我们攻破了作家的矜持。如果没有凯蒂娅，我们亲爱的作家可能会拖很久才肯告诉我们他的故事。

西尔维斯特是一个值得深交的人。以我的处境，更无权苛责他对孤独的执念。当他谈到自己的困境时，他真诚的样子打动了我，即使他什么也没有细说。

既然你已经开始考虑寒假的事，你是否抽得出时间让我们的布鲁塞尔观光团最终成行？我不想把你从家人身边抢走，但是完成这趟让我们梦想了三年却没有一次得以实现的蜜月，会是一桩赏心乐事……我俩的生日都在10月，这是一个去布鲁塞尔庆祝一番的绝好机会。

我要丢下你去完成我的插图了。请你给孩子们和朱利安大大的亲吻……

你的好友因为全身沾满颜料而无法吻别你。

麦吉

P.S. 此刻外面起风了，风带回阵阵雨水，敲打我的门窗玻璃。如果我告诉你，这种天气使我无缘无故地想笑，你是不是觉得我有点儿不正常？

P.P.S. 祝贺你顿悟了大智慧，因为你选择原谅你堂弟。但请允许我依旧无比怀念那个好战的莉丝，以及我在读到你想给他制造痛苦时的兴奋。以防你改变主意，我从一本黑色小说中收集了一些处刑手段，这本小说的作者津津有味地描述了一个连环杀手的臆想。

安莉丝写给西尔维斯特

莫里雍街

2016年8月11日

亲爱的西尔维斯特：

　　一周的时间，我已重新找回了办公的欲望。我还意识到，原来我一直很喜欢在8月份工作。在首都，8月还在工作的怪人纯粹是靠乐趣驱动的。您有没有过这种体会呢？当我着正装走在巴黎的街道上，对迎面而来的游客强颜欢笑，嘴角的优越感呼之欲出时，我感觉自己置身于时间之外。我们以城堡主人的架势迁就游客，容忍摄影师举着相机在我们的封地内频闪，最后一路将他们送至出口。我们总是要随时为迷失的度假者指路，但在微笑背后，我们对那些从没有把眼睛从手机屏幕上移开的匆匆行人心存警惕。正是这种态度为我们赢得了声望，在这一年余下的时间里都不复得的声望。巴黎人的这种臭脾气，请您见笑见谅，我现在就为您奉上最新消息。

　　我们不应该强迫威廉去见大卫。您的小说现在与他的家事交织在一起，我认为我们的朋友需要撤出调查。所以换我接棒，我恳求您陪我一起去维伦纽夫–莱斯–马格隆监狱。

我知道您会边读这些话边摇头，尽管如此，我还是感应到您露出了宽恕的笑容……是的，在洛泽尔的那几天，我一直有观察您，我感觉您自从打开我的第一封信之后，就不再是过去的自己了。您与我们一起短暂生活时，没有明显的排斥迹象。您向我们坦露您的疾病，虽然您完全没有义务这样做。您还在最后一天对我说，您很高兴与我们分享讨论。

一个人因为找回自己的文字，而对生活有了兴致……西尔维斯特，您知道的，没有什么是微不足道的。我有预感，您已经准备好不遗余力去追逐这本小说在三十余年中走过的里程。因此，当我跨过维伦纽夫–莱斯–马格隆监狱大门时，我希望得到您的支持。我敢肯定，您有能力应对这个新挑战。

我又得去向朱利安请示离开。我正在等待他的回复，免不了再次遭到他的误解。两天前，他第一百次问我，为什么我拒绝将公司股份（非常少，您别抱有幻想）让给我的堂弟。他竟然提议我们可以靠这笔交易的所得为凯蒂娅和马蒂亚斯赚学费！有时候，我惊讶地发现，我与之分享了二十六年生命的男人，仍然对我的决定和执着百思不解。夫妻关系难道总是这般难以让人满意吗？哪怕一起生活了二十多年，每个家庭成员之间仍然一知半解吗？

至于您，亲爱的西尔维斯特，请不要抗拒我的传唤。请为我们的南方之行早做准备吧，别让您的朋友独自应对第一次探监的考验。

在此先感谢您在这次考验中给予的支持。

您的狱友

安莉丝

安莉丝写给威廉

莫里雍街
2016年8月12日

亲爱的威廉：

今天早上，我收到了麦吉的来信。我在信中读出了轻微的苦涩，故建议您尽快写信给她。您为什么没有早早这么做？她很生气是我先收到了您的来信，我不愿看到我们的友谊要受错位的嫉妒之累。亲爱的威廉，求求您了，千万不要让她知道，我们私下交谈的话题中有她，因为我环顾一圈，才意识到我的朋友数量不允许我随便挥霍……即使是出于最善良的动机。

至于您，我只能想象当儿子在发现母亲的婚外情时的感受，而且在此之前没有任何迹象能让他早做心理准备。这个真相来得太晚，也就越发难以接受，您无法从母亲那里听到任何解释。但这属于她的私事，我们应该能够原谅我们所爱之人偶尔脱轨，像原谅我们也经历过的或我们仍被困其中的迷航那样……最重要的是，亲爱的威廉，不要让您的视线移开，因为任何可能唤醒睡美人的方法都值得一试。我知道您明白我的意思……

当然，我并没有像以前那样，把这些对麦吉或西尔维斯特和盘托出。因此，交代（或不交代）您有关父母的发现，都由您来抉择。

您知道我在祈盼着您的回音。

您的朋友

安莉丝

P.S. 我有一个堂弟，叫巴斯蒂安，至今还活着——令人惊讶，不是吗？我将所有秘密清除计划汇总成一个名为"备份"的红色文件夹！所以您可以留意一下新闻！我和巴斯蒂安的下一次决裂很可能会登上巴黎报纸的头版……

威廉写给安莉丝

贝尔波勒
2016年8月16日

亲爱的安莉丝：

找到了！我搜遍了从酒窖到阁楼的每个区域，把所有看起来像保险箱的东西都倒了个底朝天，最后我放弃了希望。我从一个房间踱步到另一个房间，审视每件物品，好像它们有办法向我揭示母亲的隐秘生活似的。直到我看见母亲放在旧皮椅旁的针线箱。这是我外婆传下来的，您住在这里的时候可能已经注意到了这只深色木箱，打开后可以一睹其中宝藏：各色纱线，不同规格的棒针和顶针。这些宝贝可以保存多年，不会长出一丝皱纹。

小时候，我称呼它为百宝箱，我会花数小时整理里面的纽扣，而外婆就在壁炉旁打毛衣。

当然，今天早上我把这只箱子的里外三层都打开检查了。卷尺下面露出信封的一角，我把它抽了出来。实际上，是一沓信，共十三封，都是他寄来的。

如果我说我哭着读完了这些信，您会相信吗？毫无疑问，

141

这是大卫写给她的最后一封信。

　　我的爱人：

　　我警告我的朋友，我已洗手不干了。我向他们宣布，我将彻底脱离这种生活，没有任何人可以改变我的决定。为了养家，即使让我每天八小时一直扫地或砌水泥墙都行。没有什么比我们白首偕老的决心更重要。自从你说你愿意，我就再也无法入眠、进食、生活……我在等你。

　　我在你知道的那个地方安置了我们的庇护所，我已将个人物品以及足够我们开启新生活的钱存放在那里。这些都是我自己的积蓄，每一枚硬币都是清清白白挣来的。你什么都不用操心。我买下了你见过的那栋房子，我知道我们会幸福的。你和儿子道别后，就搬来吧，明天我将把钥匙放在你的信箱里，所有财产证明都以你的名义签订。我希望你在那里有家的感觉。在这周日的家庭聚会上，我会带给你那本书，里面描述的正是我对你的感情……

　　很快见。

大卫

这些是在他被捕的五天前写的。我永远不会知道我母亲是否给他回了信,但是很明显,她本打算和他一起离开,一切的一切都是为了他俩的私奔而策划的。没人提过我父亲。他已经知道了什么吗,还是他也只能面对既成事实?大卫为私奔买下的那栋房子呢?您认为他会在离开监狱时出售这处房产吗?我母亲独自去过那里哀悼她痛失的爱人吗?最后,信中提到的书只可能是西尔维斯特的那本手稿,不是吗?自昨晚起,所有这些疑问都像伏都教的咒语一样阵阵袭来。

但您什么都不用为我担心,我是个大人。扛过这波短暂冲击后,我有必要退后一步。我心里的煎熬,首先是为了母亲,我在想大卫被捕那天她遭受的打击。当她得知自己的挚爱被判了这么多年,我没法想象她有多绝望……直到今天,我才明白当年的种种变故。我注意到了笼罩家庭的悲伤,而我由于还有自己的烦恼缠身,完全没有在意。

安莉丝,您应该发现了我自私的一面,请远离这个曾经在洛泽尔接待过您的羁旅客。上一辈的余债将我逮住,将我变成一个永远无法为身边的人提供依靠、只会在家庭动荡中当逃兵的懦夫。对此我无力反驳。这就是为什么我迟迟没有给麦吉写信的原因。我藏在潇洒赌徒面具下的过去并不光彩，我绝不敢将它们透露给一心追求宁静与真实的女性。

所以我又要回伦敦了，在那儿待上几个月，等待和冬天一起来的工作邀约。我知道您喜欢洛泽尔这个地方。钥匙就在我的邻居家，您就把我的农舍当成自己家，欢迎随时前往避难……

虽然我只顾谈我自己，但我没有忘记西尔维斯特。现在，他的手稿与我的家人纠缠不清，所以在近段时间内，我无法陪您去见大卫。但是，如果您找到查理，烦请告知。

我现在必须对您说实话：安莉丝，尽管您守口如瓶，但我已经猜到您是干什么工作的了，我知道真相……我在从麦吉老家回国的班机上做了一些研究，我发现的秘密帮我解答了您执意帮助西尔维斯特的动机。

祝您抵达尽头。

您的朋友

威廉

安莉丝写给威廉

亲爱的威廉：

　　我能想象您发现母亲背后的那面生活时有多么措手不及，但当时您还有自己的小船要掌舵，就算是最细心的孩子，也无法猜到会有这样一段恋情。再者，就算您发现了情况，又能做什么？跑去拯救痛失挚爱的母亲？还是去支援得知妻子将与一个窃贼私奔的父亲？抑或您愿意将自己撕成两半，从而在他们的痛苦上再加一份痛苦？

　　您已经尽了最大努力，您的父母不需要您横亘在他们中间。不管怎样，这就是我对这个问题的拙见。看到您将威廉·格朗污蔑为靠不住的懦夫，并指责他乃一切过错的根源时，我惊愕不已。

　　因此，今天早上，当我读着您自我诽谤的文字时，我有一种异样的直觉，莫非您在考验我的推理技巧。人们常说听话要听话外之音，我重读了您的信，在您自我批判的影射中，我似乎洞见了您不为人知的一面。这封信莫不是在暗示您在洛泽尔的聚会上一笔带过的人生变故？

您告诉我们，您曾是英国文学教授，为了去当国际职业扑克选手，您在"一夜之间"放弃了"一切"……活到我们这个年纪的人，但凡听到"一夜之间"，免不了猜疑这个表达所想掩饰的那一夜里究竟发生了什么。很明显，分隔两个事件的夜晚少不了苦思和踌躇！

至于您舍弃的"一切"，我们自有分寸，没多过问……

因此，亲爱的威廉，您干脆坦白到底吧。给我一点启示：作为您的朋友，我必须知道些什么，才能如您所愿看不起您！如果您确实值得被鄙夷，相信我，我一定照办不误。

直到今天，我还是拒绝以您那些无法考证的过错为由，判定您是可憎之人！因此，我在等着看声讨您的檄文，如果您要自己认罪，就拿出雄辩的证据……

期待见识到您的不堪。

您的朋友（直至此刻）

安莉丝

P.S. 不知您此刻在哪儿，我打算去伦敦碰碰运气。但是如果您转眼又回到了洛泽尔，您会发现麦吉在那儿落下了她下一本画册的草图。她想要取回画本，但您别光凭这个行为就推断出她的"弗洛伊德式错误"，麦吉真的是个粗心姑娘：我在我家的浴室里找到过她的素描；当我去她家做客时，我们每天都得花大把时间找她的钥匙或包包，您在菲尼斯泰尔逗留期间应该经历过类似的情况……

P.P.S. 既然您已知道我是何人，我就可以长舒一口气了。我并没有隐瞒这些信息，我只是没说而已——我知道您也喜欢玩这类文字游戏。

西尔维斯特写给安莉丝

莱沙耶

2016年8月18日

如果我推算得没错，您将在周六收到这封信。我已经可以想象您读完信后，出神地盯着公寓对面的公园，端起咖啡一口一口享受静谧的样子。听说巴黎人不懂"安静"的含义，但是，我在洛泽尔欣慰地发现您是黎明即起的人。

您在邀请我一同探监吗？我这样理解正确吗？您的措辞和您之前鼓动我越过塞文山脉的森林一样直白……就算我这次的反应会对您造成惊吓，我也不会再说不了。我准备好陪您去见见这位专门抢劫银行的大卫（您承认吧，我这次有让您大吃一惊）。

但是，我必须提前通知您，接下来的几天我不在家。明天我要去见女儿。我不可能左右得了她放年假的日期。是的，您没看错：我不顾机场攒动的人流，强忍入殓般的飞行痛苦，以及陌生面孔对我造成的恐慌，毅然决定涉入险境。

科拉莉得知父亲终于要来自己的东道国探望她时，无比喜悦。她明白我为此要付出的努力，我不会让她失望。这将是我第二次把手稿夹在腋下飞越大洋，但这一次是为了让女儿读它（在整趟行程中，我将和手稿形影不离，不会再发生书被落在座位上的失误，何况我已将它保存在了三个U盘里）……

只要我在灰熊和枫糖浆的袭击下活下来，从8月27日起，我便可以随时与您想向我引荐的目标人物见面：改行养鼻涕虫的驯兽师、放逐到冰岛洞底的前部长、专门研究蝗虫的兽医或柏林爱乐乐团的口琴演奏家……想到在我们的银行大盗之前，可能还有奇人读过我的文字，我暗自得意。转念我又怀疑：我们真能找到您说的那位查理吗？

您知道吗，我即将和邮递员成为朋友。星期一，他出现在我家门口，神采奕奕地为我送来邮件。我给他倒了杯咖啡。一开始，我们的对话略显尴尬，直到我们激烈讨论起普雷-马拉西[1]和波德莱尔之间的曲折关系，交流才顺畅了起来。当我的客人意识到已经过去了一个小时、自己铁定误了后面的派件时间时，他才箭步离开，但我们约好第二天结束这场热烈的辩论。

---

1 即奥古斯特·普雷－马拉西（Auguste Poulet-Malassis），波德莱尔的好友兼出版人。——译者注

因此，我现在拥有了一位邮递员朋友兼波德莱尔专家，他值得被我列入"托您的福才遇到的杰出人物"的名单。不断有新的造访者在我的生命中牢牢扎根，我跟女儿保证会将我的奇遇告诉她。从我踏入加拿大的第一步开始，她就有权获知全部细节。我不会忘了在讲述中强调您起到的作用。

　　我等您的安排。我一回国，咱们就可以启程前往南方。我们得乘火车去蒙彼利埃，再靠当地的公交将我们载到监狱，大约耗时三刻钟。您还记得吗，一年前，我为了规划从家到村里面包店的最近路线，做了几小时的功课！现在是规划探监路线……对连罚单都没吃过的良民来说，这将是一次多么难以置信的冒险！

西尔维斯特

　　P.S. 我们必须避免佩戴手表、皮带和珠宝，以免触发金属探测门的警报。并且我们需要预约探访室，就像去餐厅前要订好位子一样。

大卫·阿奎隆写给安莉丝·布里亚尔

雅斯磨坊大道，维伦纽夫–莱斯–马格隆

2016年8月20日

女士您好：

我写信是为了通知您，我已拒绝了您提出的探监申请。我不知道您想从我这里得到什么。但凡活到我这把年纪的人，无论曾经做过多少恶，如今都有权要求清静。

如果您想从哪个惯犯口中听他讲铁窗后的忏悔生活，我倒是认识一些，他们非常乐意向按捺不住的巴黎小资产阶级传授经验。相信我，我的生活缺乏新意，可供小报发挥的内容不会多于两行。抢银行不是英雄事迹，涉案的暴徒亦非冒险家。如果您企图夺人眼球，还是另编一个故事吧，这样您就可以随意捏造让人瑟瑟发抖的劣迹，以及浪子幡然悔悟的英雄神话。无论如何，我劝您去挖挖其他人的料。我随时愿意为您推荐人选，有些囚犯巴不得上真人秀出风头。就算您对我那些从事糖果包装工作的狱友不感兴趣，我还认识几个待人有风度的像样狱友，这些家伙经常锻炼，因此他们非常拿得出手。

在此提前感谢您的宽恕，相信您读了上述内容后会理解我的。女士，请收下我的问候。

822号囚犯

大卫·阿奎隆

威廉写给安莉丝

彼得大街

2016年8月23日

亲爱的安莉丝：

我打开伦敦避难所的大门，只见您的信已躺在那儿多时。在伦敦，我靠英语生活，这也是过去的我以及由这个我酿成的悲剧所用的语言。因此，今日回到故地，我可以更自然地说出这段过去。

如您所知，十年前，我是伦敦西郊布鲁内尔大学的英语老师。而您尚未知的是，当时的我已经结婚，还是一个可爱的七岁女孩的父亲。那时候，我生活幸福却不自知。这种情况很常见，往往出现在我们认为生活步入正轨，并且这种日子会一直延续至时间尽头的时候。

和许多步入四十岁的男人一样，我梦想着改变生活，寻找刺激。我加入了一个年轻女同事刚在学院创立的扑克俱乐部，之前从不碰纸牌的我一下子发现了打牌的乐趣。很快我就成了校园里的明星，在明星光环的加持下，我与将游戏激情带进我

153

生活的女人陷入了婚外情。亲爱的安莉丝，您也会认同，这种事稀松平常得可悲。但是，我只顾着找回青春的快活，没有考虑家人知道真相后的痛苦。

后面的情节更缺乏新意。我的妻子莫伊拉离开了我，她带着我们的女儿一起去了她在苏格兰的父母家。我迅速做出回击，辞职并开始以扑克谋生，哪有牌局就去哪儿。那时，我以为我们的分居是暂时的，我继续享受快乐的单身生活。我一场接一场地巡回参赛，赛后我顶着靠这些快钱带来的自信回去看望家人。每次我都给她们带去了豪华大礼。尽管劳拉欢迎我的到来，但是她的母亲却总是阴沉着脸。我和莫伊拉的见面只会在敌意和愤怒中收场。

2008年7月12日，距离我们分开已两年有余，我从岳父那里收到了噩耗。他告诉我莫伊拉开车冲出了车道，此刻正在医院抢救。我赶去苏格兰时，她还在昏迷，终究她也没有从昏迷中醒过来。8月15日，莫伊拉走了。

我的岳父岳母还告诉我，就在这一年里，莫伊拉曾两次自杀未遂……我不需要他们说破莫伊拉到底怎么了。即使，有那么一段时间，我恨她的父母没有告诉我她的精神状况，但我深知，她一直没能从家庭的破裂中恢复过来。

因此，我停掉了比赛，搬到苏格兰，全身心照顾刚刚失去母亲的九岁女儿。在父女二人世界的新平衡中，我们共同生活了三年。我也准时参加业界研讨会，虽说在失去教职的日子里，我还是有足够的钱维持生计。那本手稿陪我度过了那段日子，它有一种魔力，帮我减轻了痛苦和愧疚。不想我的岳母因心脏病发作住进医院……她确信自己与死神擦肩而过，所以她把莫伊拉的最后一封信托付给了外孙女。劳拉读了这封信，知道了我才是摧毁她母亲的元凶。她十二岁时就收拾行李离我而去，一直和外祖父母住到现在。从那之后，她再也没有同意与我见面，也拒绝接我的电话。

安莉丝，您不用怜悯我。我并没感到不幸，在物质上，我为自己提供了所有可能的舒适保障。我也知道他们过得很好，岳父定期向我通风报信，他仍然是我和女儿之间唯一的纽带。我经常旅行，遇见像您和您朋友这样了不起的人物，或结识读书俱乐部里的书迷。我不祈求任何人的宽恕。我对我爱过的女人的离世心存愧疚，每天早晨我都在独自醒来中接受被剥夺父亲权利的惩罚。这就是为什么认识凯蒂娅是我莫大的荣幸，她恰好和劳拉同岁，我高兴地在一旁观察她，想着劳拉应该也和她一样可爱。

就是这样。现在您知道了我所有的缄默和我生命中挥之不去的阴影。您知道我仍然愿做您的朋友。

祝好！

威廉

安莉丝写给大卫

莫里雍街

2016年8月24日

阿奎隆先生：

感谢您来信亲自通知我。然而，我不是作家或记者，亦非真人秀节目的制片人。我想见您另有原因。如果说我们的生活有任何交集存在，那只可能是一本书，一本三十多年前的书，您还亲自把它交给过您姐姐在洛泽尔的邻居格朗女士。

不久之前，这本书失而复得，它的原作者想在我的协助下，追溯小说自1983年丢失以后的所经之地。尽管我不认识您，但我知道您会考虑我们的正当请求。希望您愿意向我们泄露是谁把书交给了您。

您是手稿历任所有者链条上最后一个已知环节，这本书似乎已为一些读者的现实生活带去了不小震荡。要知道，我非常理解您对我的不信任，但是请您放心，我探监的唯一动机就是向您询问关于这本书的情况。

提前感谢您愿意向我提供关于这本书的任何线索。

诚挚的

安莉丝·布里亚尔

P.S. 我向您保证，我试图去监狱探望您，绝非为了恶俗的猎奇。当我收到您的拒信时，我甚至感到了瞬间的放松，因为监狱的环境并不悦人耳目。我唯一的动机就是去接触一个喜欢这本书的人，一个似曾相识的人。

麦吉写给威廉

狐狸海角

2016年8月25日

亲爱的威廉：

我意识到这是我第一次主动给您写信。从我们离开洛泽尔算起，已经过去了三个星期，我却也再也没有收到您的消息。这也不全是真的，因为您与安莉丝的往来好歹向我证明了，您还健在。

但是，她闭口不谈您向她坦露的秘密。她通常是我保守和沉默性格的对立面，但现在当我问她关于您的事时，她的嘴变得跟牡蛎一样，撬也撬不开。我不敢臆测您向她吐露了什么隐情，竟把她改造成这副模样。几天前，我忍不住打电话给她（我得多么焦心，才会远赴酒店去使用让我嫌恶的电话！），她这样回答我："麻烦你自己写信给他……"

当我们不清楚他人的困境时，最好不要贸然与其联系。您也会认同这一点的，所以我断然拒绝了安莉丝的提议。今天早上，我沿着海滨蹊径散步。它们不再像高速公路般水泄不通，第一场毛毛细雨的到来，迫使8月度假客逃往内陆，找寻正统的布列塔尼或防水的民俗博物馆。我们这儿仍有几处靠Tipiak食品公司赞助的地方保护区，还可以看到布列塔尼老妇人戴着传统头饰在石阵间穿梭。

我回想起您来菲尼斯泰尔时我们走过的路。今天早晨的微风改变了我的心情，我意识到，我虽然不知道是什么烦恼困扰着您，至少我可以用本地的趣闻逸事来分散您的注意力。

集市广场上的小空地迎来了新的买主。您是否记得，我们曾预言这块空地会引来各种买卖入驻。您建议在这儿开一家芦笛店，以此吸引来自世界各地的演奏家。我则建议开一家只出售蓝色颜料的店，油彩、水彩或粉彩皆可，但人们只能在这个地方买到天空的颜色。您还向我指正，这片天空的颜色常常被搅和成灰色。我俩最终达成一致：在空地支一个只展出原始手稿的小摊，前提是这些手稿从未出版。

看来我俩的希望都落空了，因为昨天我发现一幅写着"纪念品店开业在即"的海报。因此，芦笛、颜料和泛黄的书页将腾出位置给镶嵌着贝壳的衣帽架、饰有布列塔尼灯塔的摆钟、刻着"世界上最好的爸爸"的坎佩尔陶瓷碗[1]，或是教您做面粉肉的食谱、教您打海军结的画板。当然，所有纪念品都来自中国或土耳其，由那些不知道菲尼斯泰尔在世界哪个地区的手工制造。值得庆幸的是，游客会在这里形成一个新的会合点，在这里集合后，他们便可直接登上出韦桑岛的渡轮。

请不要以为我话中带刺，我没有为小镇不再是我孩童时代的小镇而感到遗憾。当然，我带着挖苦的意味在观察它的发展，但与此同时，我也满心欢喜——当想到没有什么东西是一成不变的时候，当想到地球将在我们缺席的情况下继续转动的时候，尽管我们一生之中总有几次会谈及世界末日的种种预兆。

您知道吗，我已经画完了插图。我对它们非常满意，我发现它们比第一卷中的那些画得要好。看到自己能够在变老的同时不断进步，真令人欣慰。听了太多次诸如"变老就是等船沉没"的言论，我们很容易轻信，人的能力会随着时间的流逝而不断退化。此言差矣，我的桌子上就摆着反证——《鳄鱼历

1　布列塔尼陶瓷碗是一种带有两个小把手的白色陶瓷制品，镶有蓝色花边，碗的外侧还会刻有主人的名字。这种陶瓷碗在 18 世纪诞生于坎佩尔（Quimper）的一些陶瓷工厂。——译者注

险记》的第二集比上一集画得更精细（我向您承诺过，待书出版，我会尽快将样书寄给您）。

顺便请问，您莫非已经取回了我落在洛泽尔的笔记本？里面包含我下一本画册的草稿。若是这样，您大可留着它，因为我决定更换我的吉祥物。我在刚刚读完的小说中，为我的新角色—— 一只不同寻常的海鹦——选好了名字，就叫"马卡龙"。我享受目前的工作阶段，因为我在勾勒故事的大体轮廓，一切尚可任由我发挥。这份工作中的自由令我着迷。

乌云自西边天际靠过来，我会心一笑，这类重大天气预示着我将挪步玻璃窗前开始工作。我手里拿着马克杯，一阵风就能让茶水晃个不停，外面的最后一批步行者也纷纷躲进了镇上的可丽饼店。对了，请您在读这封信前先闻一闻。我敢肯定，您会闻出煎饼的香气，因为我刚刚烤好了二十来个，它们的味道灌满了整栋房子。这将是我的午餐，以及我的零食（我还记得，我像孩子一样吃零食的样子把您逗乐了），甚至可能是我的晚餐……

亲爱的威廉，分享这些趣事的目的是分散您一小段时间的注意力，好让您不去想那些缠身的烦恼。如果您像我这样离群索居，人类徒劳而荒谬的忧虑都会被大自然排挤走。哪天您感到自己迷失在大城市的动荡中，请稍事休憩，来布列塔尼的尽头找我。您会看到，无论我们遭受何种折磨，地平线还在那儿，岿然不动。

希望我有让您微笑，向您吻别。

友好的

麦吉

大卫写给安莉丝

雅斯磨坊大道

2016年8月27日

布里亚尔夫人：

请接受我的道歉。我刚刚读了您的来信，我发现自从被关在这里之后，我已经滋生了过量的不信任情绪。的确，这些年我收到了十四个来自伪小说家或"窥私"记者的采访请求，他们想让自己的大名出现在《自由南方报》的第三页上……

当我向第一批来访者宣布，我很乐于向他们描述我将全部时间用来包香薰蜡烛的日常时，他们连忙去找下一个更有悲剧性的候选人，即使这类采访常常陷入谎言或谬论。

但是，随着年龄的增长，我已耗尽了我全部的讽刺力气。现在，所有采访请求都被我直接拒绝，我不再去试图深究他们乞求探视的动机。

至于您所说的手稿，我想您应该已经知道了它对我的重要性。在我被捕的前一天，我把它交给了格朗夫人。可能是在板栗树的树荫下，她向您诉说了我们之间的过往……既然您找回

164

了这本书，由此我推断，她已清除了这段过去的痕迹。如果您有机会再见到她，请转告她，我们的讨论没有白费，是她将她的阅读热情传递给了我。阅读帮我摆脱了长期抑郁的困扰，在这所监狱里，抑郁症会像岩石上的海螺一样，到处寻找可以附着的囚犯。

我清楚记得那个送我书的年轻女人。我在蒙彼利埃附近的疗养院遇到了她。她像我一样，经常去疗养中心的图书馆闲逛。那时候，我俩总会在图书馆碰到。我在某个脆弱不堪的一天，向她倾诉了我那段无望的爱情。她给我念了一段曾给她带去深刻影响的文字。据她说，自从痛失父母之后，她曾用自残来逃避现实，但这本书帮她摆脱了自我毁灭的念头。她离开疗养院时，贴心地将这本书托付给我。虽然它对我生活的影响没有达到预期的效果，但对其他人来说，也许还来得及……所以请告诉这本书的作者，请他把他的书带去学校、医院、监狱……总之任何一个失路之人需要路标的地方。如果我的证词可以帮助大家更好地了解这本书，请放心公之于众。历经了这些年后，给您写信这样的小事都使我充满了喜悦，即使也掺杂着苦涩的怀旧。

向您致以成功的最好祝愿。

真诚的

大卫·阿奎隆

P.S. 那个年轻女人叫艾尔薇，我记得她是加拿大人。依我之见，如果您联系山丘疗养院，他们应该会在过去的登记簿中找到她的联系方式。

西尔维斯特写给安莉丝

莱沙耶

2016年8月27日

在科拉莉家小住几天后，眼下我已经回到了法国。一踏进她的公寓，我就把书递给她。我胃里像塞了铅球般，忐忑地等待她的反应。她得知这本书的来龙去脉后，就蹦跳着去走廊喊来了她的伴侣亚当。

他们二人向我表示祝贺，好像我得了龚古尔奖一样，还为了抢读第一页"大打出手"。最终我的女儿胜出，她连人带书地将自己锁在房间里。在女婿面前，我拼命寻找话题，他却先开了口。过去我们的交流从未超过十个字。亚当认真对我讲起他读的上一部小说……这个小子比我最初以为的要有趣得多。不等科拉莉出来，我们两个男人就开始一起准备饭菜。她在没读完之前不想吃饭。

等她来到餐桌入座时，眼里噙着泪水，我担心她要引出关于她母亲的话题，并迫使我比较我一生经历的两种爱情。但我不必对她撒谎（如有必要，我已经准备好了说辞），因为她什么都没有暗示。她只问我小说是否有结局部分，我承认我把剩下的书稿留在了酒店，但那些是由另一位尚不知其名的作者写的，我不得不保证第二天就带给她看。最后，我绘声绘色地介绍了这本小说辗转走过的难以置信的路线。我得意地看着他们一脸吃惊的表情。

我一直与女儿保持良好的关系，主要是——我只好承认——因为我从未对她的工作和她的要求投过否决票。但是，我们之间的关系存在着某种脱节的危险，我们似乎缺少足够的共同点来成功渗透到彼此的宇宙中。后来，疾病使我与周围世界隔离开，我和女儿难得能见上一面，每次的固定环节都是她的客套话配上我的沉默式回答。

那天晚上，我回到酒店，关上房门，心还在为这不同以往的夜晚而牵动。我们的交流不再克制，对话在自然中推进；科拉莉好奇我在动笔创作的小说，我能看出她的关心是真实的。

我独自对着窗外，窗外的画面令人沮丧，只够瞧见一个停车场，可我感到血液沸腾，好像我的生活刚刚被重新通上了电一般。在我女儿和女婿的眼中，我第一次看到自己的存在，这个反射的存在慢慢驱散了伴我多年的疏离状态。

安莉丝，我不确定您是否能理解我，因为您总是忙得水深火热：您的孩子仍然需要您操心，站在您这一边的丈夫，却在本就够让您费心的家事和工作中指手画脚。但是，我们的年龄差异使我优先迈入了观察家的行列，这些人有的是时间，而且不受作息表或工作的束缚（由于我有机会在家中办公，所以我的上班时间名存实亡）。

处于这个位置的人，有时会忘记自己还活着。

眼下这个人已回到家中。他被改造过，外貌看不出来，可想法已有悖于往日。我一进家门，先打开信箱，惘怅地读完了您给我带来的关于取消监狱"一日游"的通知。现在的西尔维斯特多么同情这位温柔的盗贼啊。

要是在我出远门的这段日子里，你还有别的斩获，请不要犹豫和我分享。在年底之前，我尚有几天假期可以利用，我准备趁那几天去结识一些新读者。

现在，我得重新投入写作的怀抱，因为我即将大步迈向最后一章。

西尔维斯特

威廉写给麦吉

彼得大街
2016年8月29日

亲爱的麦吉：

我很惭愧没有早点儿给您写信，即使我知道，您的独立性格可以保护您免受情绪波动的影响。您的来信让我微笑，甚至我必须拦着自己，才能不跳上飞往菲尼斯泰尔的班机，去享受有您和浪花做伴的水疗。

昨晚，我在泰晤士河边散步时，陷入了我们初见时的回忆，当时您高度评价了那家酒馆。我没有忘记我们共进午餐时的任何细节，因为那是一段挣脱时间的时间，我们在布列塔尼和洛泽尔共度的时光亦如是。

当然，今天早上，我起得太早了。

空气中还附着着早晨的雾霾，当热浪压城时，这种滞重的空气就会弥漫整座城市。我当下就决定给我在伦敦的住处做一次大扫除。当一切都收拾干净后，我的视线所及之处都是公寓萧索的画面。我再次想起洛泽尔的老家，还有您在布列塔尼的小屋，我意识到这里缺少让一个空间善气迎人的温度。

某样东西让我用新的眼光看这个世界。小时候，母亲曾经告诉我，当人们换眼镜时，就会意识到自己正在变老。我直到十几岁，还以为她的意思是我们的视力会随着年龄下降。有一天，当她看到我和同班女生贝蒂一起出去玩时，她提醒我，三个月前，我还评价过这个女孩极其讨厌。

她笑着对我说："儿子，你换了眼镜……恭喜你！"

麦吉，在这几周里，我已经换了一副新眼镜。多亏了它，我才有勇气回头看自己，我觉得是时候与我爱的人重新取得联系了，没有他们，我无法设想我的未来。我知道您是理解我的，并且您会原谅我之前没有对您坦白我那段跨不过去的过去。

我经常想起您，我希望有时我能陪你沿着清晨的小径漫步……您知道吗，您的香水味已渗进了伦敦的街道，经久不散。每当我在这座城市穿行时，这股香气都会跟随左右。

饱含温情的

威廉

安莉丝写给大卫

莫里雍街

2016年8月31日

亲爱的大卫：

感谢您提供信息的好意。得益于您的帮助，我刚刚打通了山丘疗养院的电话，可惜那儿的秘书拒绝在电话中透露任何关于患者的情况。获得艾尔薇联系方式的唯一办法是请示院长，而且，她提醒我，院长也没有提供客户信息的习惯。但我敢打赌，我自有奇招能使她让步。

我在读您的来信时，意识到您应该还不知道格朗夫人的病情。她已在专门护理阿尔茨海默病病人的疗养院里住了好几年，那儿离您最后一次见她的地方只有半小时的车程。似乎在您消失后的几年内，她的记忆也开始消失了，直到七年前彻底失忆。

上个月，我见到了她，她疏离的样子是一个在生活中颠沛流离，却不知道是什么一路驱使她到达了目的地的人的反应。她只从嗜睡状态中醒来过一次，就是当她看到桌上的手稿的时候。她说了您的名字。您明白了吗？这份依恋那么浓烈，以至于它可以在记忆的退场中幸存下来，就好像是被物理性地刻在了身体的每一个细胞上一样……

我不知道您读完这封信后会作何反应，但是我不能让您对这些事一无所知。也许您因为再也没有听到她的消息而痛苦过：这就是原因。我所秉承的原则是，无论是多么令人心碎的现实，接受它总比让我们的大脑无休无止地猜疑要可取。

为您解开隐情并不是我来信的唯一原因。我与格朗夫人的儿子威廉时常联系，我想他应该不久就会恳求与您见面。我领教过您回绝此类要求的速度，因此，拜托您再考虑一下威廉·格朗的请求。平心而论，见一面会对你俩都有帮助的，毕竟是为了同一个对你们都异常重要的女人。

我似乎正在插足与我无关的事（事实证明，这正是我爱干的事），但不知何故，我坚信这本手稿有一种超越我们的力量，我试图以我的绵薄之力和一厢情愿来扩大它的影响。

您知道吗，自从我知道了您的存在，又一并知道了您生活的地方，我经常会想起您。我意识到这是我第一次遭遇（即便是通过写信的方式）一个因此类罪行（我指的是盗窃和抢劫）而入狱的人。此前我只知道两个由于挪用公款而被法院定罪的商人，且其中一人仅被判了缓刑。我得指出您的案子与他们之间的区别：虽然我怀疑他们窃取的金额比您抢劫的还多，可他们绝对想不到携武器闯银行这种恐怖手段。他们只是在违禁的条款上签了名，或授权从不属于他们的账户中划走巨款，但他们要承担的风险从未威胁到他们的人身安全。

直到今天，我都无法想象自己有朝一日会与一名犯下暴力抢劫罪的囚徒进行对话。然而，威廉给我摘录了部分他在他母亲家中发现的信件，我对您的故事比对上述两位商人的故事更加痛心。

证据就是，尽管您犯下了不法罪行，我却为我们没能见面而遗憾，我相信这本会标志着一段友谊的开始。若您所见略同，请果断给我写信，我非常乐意与您书信往来。我知道您在墙后的服役还剩一年，可能是时候让我告诉您这本书卷入过的冒险了。就是这本书促使我与您联系，您会惊讶于它一路的曲折历程。

祝您度过尽可能美好的一天（言下之意是，铁窗剥夺了人与大自然接触的机会，唯一能做的是包装香薰蜡烛）。

友好的

安莉丝·布里亚尔

P.S. 据说还有一个三伏天要来……监狱里有空调吗？如果没有，让您在这样的高温下包装蜡烛多么残忍啊！

P.P.S. 您是否考虑过将您的生活写下来？如果有，请立即告诉我，我认识一些可能对此感兴趣的编辑。经过一番深思熟虑后，我甚至想到有几家我熟悉的出版社有能力赶在年末放假之前，出版一本关于香薰蜡烛的精装书……

麦吉写给威廉

狐狸海角
2016年9月2日

亲爱的威廉：

您应该庆幸昨天我沿着海边走了三个小时，如果我没有强迫自己做这项运动的话，我必定要立即奋笔回信，您将见识到一个女人在盛怒下会说出些什么话来！

我对独立的渴望，以及我对笔友能产生多大的兴趣，这些您全然不知。好在，今天您将明白我有多么讨厌撒谎和欺瞒（我的用词并不过分，我不知道在你们的英语里是否有与此相当的表述，您的英式克制并未传染给布列塔尼海边的居民）。您写的信也许在英国堪称范本，但我早过了会沉湎于您的"温情"的年纪，既然您说您要与过去重新建立联系，毫无疑问，这段过去包括一个女人（不要告诉我是好几个！）以及一两个孩子……我们的生命已跨过了半个世纪，谁的身后都拖着一个故事，并留下或深或浅的痕迹，但我私以为，我们必须有所作为，不要允许自己淡忘过去，这样才能在下一刻把它推到身前

176

充当护盾。

我猜您应该傲慢地以为，您的天生魅力已毫不留情地在我这个独自流亡的可怜女人身上发挥了作用。错了！我接种了抗异性生物的疫苗，专防男人的美色和恭维。您为您刻意对我保持距离的无礼而道歉，但这点儿距离既不会扰乱我的散步计划，也不会动摇我五个小时的下午茶时光……

祝贺您完成了春季大扫除，还有您新配的眼镜。这副眼镜应该把您乐坏了吧，因为它能给您缺乏远见的灰色虹膜覆一层洞察力。有了这副眼镜，您就可以为了除勾引别人之外的其他原因而睁开双眼了，我鼓励您这样坚持下去。

从今以后，您不必再对我做亦真亦假的坦白，或暗示我们之间并不必存在的温情，尤其我们相识的时间还那么短，对彼此的过去尚一无所知。如果我们必须再次见面，那只可能通过我们那位共同好友才能实现了。请您保持距离，别再拐弯抹角地标榜您无论过去还是现在的深情。这样，您才会获得一个真诚和忠实的朋友。

当我开始写这封信时，我本想告诉您导致我选择了如今的生活的那场悲剧。但我什么都不会写的。这些事不再重要，而且它们与我们的友谊毫无关系。请理解我今天使用的激烈措辞。您知道，我们这群慎重的布列塔尼人举止圆滑顺从，我们不会一开始就与人不善，因为我们在这个地区的生存靠的是接受他人及其差异的能力。布列塔尼是一个热情的地方，这种气质已逐渐成为我们基因的一部分。但是，当我们发现自己受骗或被嘲笑时，我们就会摇身一变，全身带刺，比韦桑岛的岩石还锋利。请您不要为这个纯粹由遗传导致的反应而生我的气。

我仍然是您的朋友，愿您获得您应得的幸福。

友好的

麦吉

大卫写给安莉丝

雅斯磨坊大道
2016年9月5日

安莉丝您好：

谢谢。

感谢您告诉我一切。

感谢您重新点燃了我的痛苦，我以为这团灼人的火苗永远熄灭了，但是这种痛苦的灼烧让我再次感到自己还活着。

确实，我完全不知道丹妮丝的健康出了问题，因为判决一经宣布，我就断了与她的所有联系。我意识到这回的服刑长达十年之久，所以我选择亲手葬送这段牢不可破的感情。就在我决定洗心革面的那一刻，我迎来了这辈子最长的牢狱之灾，真是荒诞……但是，绝不能把这个可敬可佩的女人也拖进我的深渊。我知道，她做好了在这场磨难中支持我的准备，可她将失去自己的朋友和家人，最终落入孤立无援的境地，成为这场给不了她任何补偿的无望爱情的受害者。

我不是好人。我从来都不是，可能除了我和她在一起的时候有过例外。尽管我想让她留在我身边，但我狠不下心连累她一同堕落。我决定自以为是地保护她的未来，我销毁了她的所有来信，一封都没开启过，并拒绝了她来监狱探视的请求。我祈祷她摆脱了这份只在生命中出现一次却被我断送的爱情之后，会在家人身边找回宁静。

读完您的信后，我才意识到，正是我急于当一次好人，才把她往不幸里又推了一把。我是她的病因，我的牺牲是可笑的。她没有忘记我：单凭这几个字就能卷我陷进千头万绪的旋涡。得知她不渝的惦念，我竟荒诞地笑了起来；紧随的痛苦是，如果我能从只会给周围人造成伤害的迷途中及时回头，也许就可以减轻她的煎熬和负担。

几天前，我收到了她儿子的探访请求。我接受了，还邀请他同丹妮丝一起前来。您会支持我吗？您能说服他带上他的母亲吗？我知道这个地方不适合已饱受折磨之人逗留，但是我觉得她的失忆症可以保护她免受监狱对敏感神经造成的负面影响。倘若我们的爱确实得以幸存，那么它也许可以赋予丹妮丝重新与世界接触的力量？我在做梦。我在做梦，我意识到我在做梦。我只想在最后做点好事，好让我在出狱之日到来之前有所挂念。

在等这一天的过程中（可能会由于我的年龄和某些健康问题而提前），我很乐意继续给您写信，如果您觉得有一个来自监狱的笔友不会造成不便的话。

在犯罪这个问题上，我必须还原真相，虽然这意味着您的幻想会跌回到不那么浪漫主义的现实里。安莉丝，我就是个小偷，我从来没有持枪跨进过任何一家珠宝店的门槛，我也不必依靠这种威慑力。否则，我的每次逮捕都会受到更重的量刑。

我属于一个常见的入室盗窃团伙，我们靠着多少还算娴熟的盗窃手法，撬开大门，闯进无人在家或屋主无力反抗的别墅，同时因为担心被抓住而肾上腺素激增。幸运的是，我们从来没有遇到过誓死捍卫自己财产的受害者，我不知道在这种情况下我该怎么做。今天，我可以说服自己，我内心深处尚存一丝人性，阻止我为了钱而谋害他人性命。现在，我对此深信不疑。未来，我永远不能确定。

出于这个原因而非任何其他原因，我将永远不会提笔记录自己的战绩。我觉得我会忍不住粉饰那些根本不是英勇，而仅仅是出于贪念的罪行。

　　致以最诚挚的问候。

大卫·阿奎隆

安莉丝写给麦吉

莫里雍街

2016年9月6日

亲爱的麦吉：

　　我刚收到威廉的简讯，他感谢我好心代他向大卫·阿奎隆说情。他很快将去维伦纽夫–莱斯–马格隆监狱与大卫会面。

　　你知道吗？威廉想在洛泽尔组织一次圣诞聚会！似乎连朱利安都不反对这个提议，因为他看到他最爱的女儿期待得欢呼雀跃……你呢？你的想法是什么？

　　我们很快就有机会讨论这一切，因为我想这个周末就去你家。我9月12日星期一和9月13日星期二都不用工作，因此我可以在你家停留四到五天，借机规划比利时的行程，我也好见缝插针休息几天。你知道的，这段时间，办公室总会忙成一团。我现在的年纪迫使我每次搞定任务后，都需要一段时间让神经恢复。我意识到这么做无异于给巴斯蒂安和他的团队开了方便之门，但是我太累了。九岁的年龄差距，让我们在工作方法上出现了真正的断代，我嫌恶他的处事方式，就像他鄙视我的方式一样。

为了让你了解我们的关系恶劣到了何种地步，我必须告诉你昨天早上几乎要把办公室掀翻的闹剧。要知道，每个周日都是艰难的一天。我已数不清多少次要听朱利安花一早上的时间给我罗列赋闲在家的好处（他应该是晚上梦到过自己娶了一个会在他上班前替他准备早餐的老婆）。他不明白我为什么在抱怨完办公室压力后，照旧像抓到救生圈一样死抱着工作不放。总之，当我在周一早上醒来时，还是怒气难消，我在出门之前烤焦了他的吐司（我向你保证，我是无心的，但是他对家庭主妇的幻想一定会在他大口咀嚼焦炭的时候彻底破灭）。

我到了公司，才得知巴斯蒂安由于有个前往日内瓦的临时出差，故将会议提前了一个小时。所以当我走进会议厅时，所有眼睛都盯着我，巴斯蒂安一脸嘲讽，他对我没有看到他发的通知表示惊讶（前一天晚上十一点三十分发送到了我的工作邮箱！）。随即，他抓起手机，转头向会议秘书叹了口气，请他复述我错过的会议决定！我回敬他：少听了几句其他部门讲的废话并不会妨碍我本周高效工作。当然，他又假装没有听见，继续微笑着刷手机。我不知道为什么，我的注意力全部集中在了他的咖啡上。他一遍遍向我们强调，这是危地马拉安提瓜咖啡豆，每天早晨他都得去星巴克买一杯。显摆是他的唯一目的。我走过去，从他手里夺走他新买的苹果手机，然后痛快地将手机按进他超大号的咖啡杯底部……在场所有人都张大了嘴。我以最高傲的姿态走出会议室，我的助手英格丽跟在后面，我听到她在背后扑哧一声笑了出来。巴斯蒂安的尖叫从身后一直追到我的办公室，我听到他嘴里喷出诸如"不可理喻"和"疯到极点"等悦耳的形容词。顺便说一句，考虑到那部手机的价格，他的这些措辞的确合乎情理。总之，他有几个小时看不了推文了！

我知道我对你像对我的孩子那样喋喋不休了起来，但你也可以猜到，我不敢在家里夸耀自己的战绩。事后我一点儿也不后悔，我认为许多员工都对我的做法感到非常满意，即使他们永远不会承认这一点。

接下来，我需要远离信箱和电话一段时间。其实，我正在等待蒙彼利埃疗养中心院长的电话，大卫就是在那里得到了手稿。无论答录机在一天之中的什么时刻响起，都能让我惊跳起来……

简言之，我必须喘息一会儿……

考虑到你的邀请（我承认，是我强迫你的），我已经收整好了行李，就差你的来电确认（或者由阿加特代为转告，如果让你打电话的要求太过分的话）。

亲亲。

莉丝

P.S. 就在这期间，凯蒂娅和她的闺密们被分到了同一个班上！[1]我很庆幸避开了返校危机，尤其是当我无意中听到关于那个要坐在她前面的名叫扬的男孩的八卦。我最怕起这种名字的男孩子。布列塔尼人的性格可以像迎接西部风暴的树木一样百折不挠，可所有这些考验将不会带给我女儿丝毫好处……

1　扬（Yann）源于布列塔尼语，寓意"上帝的恩典"。——译者注

安莉丝写给西尔维斯特

莫里雍街
2016年9月7日

亲爱的西尔维斯特：

我会写信给您，因为今天是周三……这样的开场白可能叫您摸不着头脑，但您不知道，这一天对我来说是一周之中最安宁的一天。

在孩子们还很小的时候，我为了在周中可以暂别工作场所，就养成提前规划工作时间的习惯。像许多女同胞一样，我为这一天排满了用成为母亲的幸福换来的各种福利：陪孩子看医生，参加形体课、音乐课，准备生日点心，凡此种种。事实证明，孩子们已经长大，可我想继续保持这一习惯。开学期间（和所有优秀的母亲一样，我感激学校解救了我），一大家子在星期三早上"倾巢出动"，剩我一人近乎狂喜地独占所有这些自由独处的时间。我可以沉迷于罪恶的音乐或阅读之中，不用担心有人打扰到这四个小时的放空时间。是的，亲爱的西尔维斯特，所有的快乐都是可以被计量的，因为每当我女儿中午从学校回家时，整个空间都充斥着她对老师无休无止的抨击，以及她对按她的方式重组整个法国教育体系的高见。

不管怎样，我现在处于风暴中心，我得利用这段暂时的平静向您发问。第一，您认为给小说收尾的作者会是一个女人吗？第二，如果疗养中心的院长依旧不搭理我，我有权再去骚扰她吗？

我已摸清了院长秘书的为人。唉！她坚持要对这些信息保密，因此我不得不保证直到院长与我联系之前，我都不会去烦她。假使她把我忘在了角落该怎么办？

您知道保持耐心并非我所长，因此，我决定抽出几天去麦吉家换换心情。为了向您悉数坦白，我承认此行也是为了确保我朋友的安好。您还记得吗，上个月我俩都打趣说，她和洛泽尔的东道主相互吸引。我错了。麦吉的爱情故事绝对已经完结了。适才，她从酒店打来电话向我确认，她做好了迎客的准备，并宣布她计划在根西岛过圣诞节，也就是说，她不能去洛泽尔……由于整整十五分钟内，她一次也没有提起威廉，所以我必须承认，这段田园爱情要被搁置了！

我至少能指望您在今年跨年的时候现身贝尔波勒。我很高兴向您介绍我的老公和儿子，在他妹妹的怂恿下，我儿子应该会加入我们的除夕夜聚会。

亲爱的西尔维斯特，周三报告就这么多。我急切期盼着您给出的建议。在我离家期间，我指派我的女儿负责接听电话，如果是蒙彼利埃疗养中心的院长打来的，我女儿应该会把您的电话号码留给她。由于麦吉禁止我使用手机和其他现代通信设备，您将连续几天无法联系上我。因此，行行好，请您切断答录机并拿起听筒！

很高兴读到您的来信。

安莉丝

P.S. 若发生了与我们调查相关的任何紧急情况，您可以随时致电美岸酒店的阿加特，她知晓一切，同时负责传递消息……

威廉写给麦吉

彼得大街

2016年9月11日

麦吉:

昨晚我回到伦敦的住处,发现了您的来信。整个晚上一直到半夜,我都在客厅里来回踱步。好在被您点名批评的英式礼仪约束我不得不脱掉皮鞋,免得踩醒邻居的清梦。这样我才得以不怕邻里告发地踩在柔软的地毯和您坚硬的言语上。

由于那封惹您愤怒的去信不在我手上,因此我不得不通过研究您开出的责备清单,来推断信中可能伤害到您的内容。莫不是因为我妄议您对独立的渴望?我绝没有讽刺之意,反而我对您所过的生活无比折服。因此,请原谅我笨拙的话语扭曲了我的本意。我还不习惯用法语给重要人士写信,也许您可以因此而原谅我词不达意的表述。

好歹在妻子和孩子的数量上,我可以丝毫不差地回答您。我只结过一次婚(但是如果您要我如实交代,我承认我确实和其他女人在一起过)。她的名字叫莫伊拉……2008年去世。我们有一个女儿劳拉，她现在与外祖父母住在一起，且拒绝跟我见面。我不知道是否该告诉您更多，但是如果您觉得有必要，您可以问安莉丝，她知道这段过去。我觉得，我不该因为隐藏之前痛苦的经历而受到您的指责，但是，我的确害怕因为暴露我过去不那么光彩的一面而使您失望。在这一点上，我可能活该您对我不满。

　　然而，您对我拈花惹草的责备有失公正！因为在您面前，我感到自己才是那个被剥夺魅力的人。我从来没有想过，单凭我的存在或我对您的好感，就能打乱您的散步计划或五小时的下午茶时间。如果我不慎露出了一丝得意，那是因为您允许我踏入您对所有人说不的禁猎区，我这才敢燃起希望。您怎么能这么轻易就忘了我们在伦敦、在布列塔尼共度的时光？您如何解释我们显而易见的天然的默契？我们从罗斯科夫回来的晚上，沿着海岸从一座灯塔走过另一座灯塔，这都仅是我的幻想吗？

　　麦吉，我一遍又一遍地读您的来信，但我什么都读不懂，尤其不解您针对我说谎或掩饰的指责。我不会说"我从不撒谎"这种狂言来得罪您，但我可以保证，在您面前，我没有说过一句虚言假语，也没表过一次虚情假意。就像我那无意散出，却又惹怒了您的"温情"，这是事实，它展露了我对您的依恋，如果我确认您为此受累，我将咽下这份感情。

为了给我的辩护结辩（我不假思索就用了这个词，可见您的诉状确有蛮横之嫌），我必须向您说明，我戴的这副新眼镜（您粗暴地摘掉了它）只投射了在我未来各种可能性中有您参与的那个未来。就按您明令要求的那样，从今以后，我就摘除它，然后，您便可以放心参加我们在洛泽尔组织的聚会，而不必担心我对您表露任何情感。

威廉

P.S. 您认为您没有必要说出自己的秘密。算了，在您看来，这当然只能算作对我的轻蔑，而非隐瞒……

P.P.S. 刚才我去买邮票时，被报纸头版吸引住了。我知道您对摄影的热情，看着这些为历历在目的"9·11"恐袭事件拍的纪念照片，我不禁想起了我们之前的讨论。我不喜欢媒体这样廉价地贩卖摄影，它把我们都变成了他人悲剧的偷窥者。但是，有一张照片让我目不转睛。照片上的那个男人清晨孤身一人站在废墟中央，手插口袋，表情中找不出丝毫他对刚才所目睹之事的惊惧。人们可以把他剪下来，让他以相同的姿势面对宏伟的海滨风景。麦吉，您知道吗，就是这张照片让我心烦意乱。

西尔维斯特写给安莉丝

莱沙耶

2016年9月12日

这是我第一次领舞，为此我深感自豪。就在您享受着大海气息给思想带来的洗涤时（相信我，这只会对您有好处，原因我稍后解释），我接到了卡蒂亚女士的电话，就是那位管理蒙彼利埃疗养院的女士。

她拒绝在电话中透露1994年大卫遇到的那位女士的全名或联系方式。当我试图为自己的请求辩解时，她打断了我的话，称医院付她薪水并不是为了让她在工作时间探讨文学！她也没想到我会一再坚持，我甚至提议亲自南下向她陈情。她同意接待我，但保留跟不跟进的权利，具体要看我当日的表现。

这种不确定性马上就能被消除，因为明天我就要前往蒙彼利埃，我和卡蒂亚约定下午五点见面。我比以往任何时候都要决绝。

虽然您什么也没说（原因不言自明），但是见我顺理成章地接过您的班，您应该被吓着了吧。我会离开我隐居的大巴黎

194

北部，去见远方的陌生人，并推翻她的保密原则。我将倾尽所有地劝说（不幸的是，我缺少那位英国友人的魅力）来打破她的缄默。

亲爱的安莉丝，以上就是我方的进展。以及，请您行行好，不要虐待可怜的麦吉，也不要过问她在海峡群岛上的度假安排。咦！您对女性心理的共情去哪儿了？您对她选了这个几乎算是英国的目的地不意外吗？我先给您时间厘清这些细节，待我从南方回来，我们再做讨论。与此同时，请勿多插手麦吉的心事，这一次，您得相信我！

很快见，我将为您引见我们的查理。

西尔维斯特

安莉丝写给西尔维斯特

亲爱的西尔维斯特：

这趟去布列塔尼的周末游帮我减龄了好几岁。到了我这个年纪还能做回无忧无虑的少女，真是幸事！在这四天时间里，我们重塑了三十年前熟悉的世界，抛掉平日的烦恼，恢复当年疯狂的大笑。当然，我们时常提起您的手稿。我们想象着您在二十岁那年遇到的让您义无反顾喊出炽烈宣言的爱情。我们达成共识：换作我们面对这段阴郁的爱情，只能泪流满面。我不知道您会如何处置这两个跟在您屁股后面的追星少女，但我们姗姗来迟的读者告白必然能温暖您，对此我毫不怀疑！如果有一天您也去了布列塔尼，就让麦吉为您打开她家的相册，你会发现我们年轻三十岁时有多可爱……

今天中午，我一回家就给您打了电话，可我不得不对着您的答录机聊天……您早该拔掉它的插头了。直到我打开信箱，才发现您已经出发去了法国南部。我为您的交接方式感到骄傲，而且我已迫不及待要向您打听进展。如果您想在这趟调查中取代我的位置，请至少要保持君子风度，与我分享您的所得。

另外，您对我缺乏女性共情心理的担忧（可以理解！）是没有根据的：我禁止自己询问麦吉的感情状况。她选了一个要借助英语实现交流的旅行目的地，的确让我吃了一惊，但威廉不可能是原因，因为那天他会待在洛泽尔的家中迎接我们（对了，凯蒂娅为了您，已经把她那些奇幻小说搁置一边了）。

其实，我感觉到了麦吉有事向我隐瞒。虽说这几天我们玩得尽兴，但我在她眼中看到了不安，那是一小颗沙粒，遮住了明眸的部分光泽。您是否注意到，当我们试图了解我们所爱之人的时候，我们会变得异常迟钝？类似当局者迷的状态，好比我们为看一个物体而凑得太近时，我们的视线就会模糊。而您所处的距离使您看得通透。既然我已认证了您敏锐的洞察力，那么我期待看到您对麦吉心理的精彩分析。

安莉丝

P.S. 亲爱的西尔维斯特，请不要低估自己。我可以向您保证，您

在任何情况下都不怯于流露的阴郁和苦恼的神情，仍然赐予您一种失

控的魅力……但是，我打赌您早就料到了这一点，不是吗？

安莉丝写给麦吉

莫里雍街

2016年9月15日

亲爱的麦吉：

听了你给我家答录机的留言，我一头雾水。你记得我有一部手机吧，而且我已经给过你三次手机号码了，你可以打打看：这项技术创新就是为了让人们不在家时也可以继续保持联络！

发生了什么事？是什么紧急情况驱使你去阿加特家借用一台你还没有掌握操作要领的设备？你的留言可能在还没说完之前就被切断了，我能抓到的主要信息是：你气我向你隐瞒了有关威廉的事。之所以我能知道一些你所不知道的事，估计是因为我比你多花了向他提问的力气。所以，不要怪我沉默，你对这些我没告诉你的事根本就没兴趣吧！如果你想了解更多，就必须停止装出一副毫不在乎的样子。此外，从现在起，我拒绝以书面形式解答你的问题。鉴于你有能力打电话来给我定罪，那么为了继续满足你的好奇心，麻烦你再跑一趟吧。

我的驳斥到此为止。当然，我在假装受害者的样子，因为你的留言并没有刺激到我，反而令我感到忧心。答录机里颤抖的声音与我昨天早上离开布列塔尼时挥手作别的那个活泼姑娘判若两人。尽管我在你家逗留期间确实感觉你有心事，但我似乎低估了问题的严重性，犯了这种低级错误的我不值得当你的朋友。所以，麦吉，拜托你尽快打来电话，我会坦白所有你想用来减轻痛苦和愤怒的真相。

尽管被你指责，但我依旧不离不弃。

吻别。

莉丝

P.S. 你多半不会相信，在我的牵线之下，西尔维斯特已前往蒙彼利埃准备会见那位疗养院院长！很快，这位厌世的隐士将变得比拉拢选民的政治家更善交际……我必须承认，这种突发的转变使我有些害怕。你难道不认为这个人身上有杰基尔医生和海德先生[1]的影子吗?

1　这两个人物出自英国作家罗伯特·路易斯·史蒂文森（Robert Louis Stevenson）创作的短篇小说《化身博士》，书中塑造了文学史上首位双重人格形象"杰基尔和海德"（Jekyll and Hyde）。——译者注

西尔维斯特写给安莉丝

莱沙耶

2016年9月15日

昨天我已载兴归来。下面轮到我向您汇报了。

星期一的深夜，我兴奋得无法合眼。我正越来越靠近目标。我原地打着转，重读了小说的结尾，试图鉴别这些文字是否可能出自女人之手。

唉！我现在仍然没有答案……

星期二一大早我就出发了，下午一点到达蒙彼利埃（别怪我播报高铁时刻表般的叙事风格，是您在信中要求我提供旅程详情的）。我在快走到街尽头的咖啡馆里坐下等待。我吃了一个三明治，这是我在巴黎工作期间从不碰的食物，并且我还向女服务员打听位于附近的疗养院。也许她把我当成了即将搬入的病人（我焦虑不堪的脸色势必非常适合这种地方），因为她立即给我介绍起了患者的起居生活、医生的慈善之心和内部的花园美景（她要是再年轻几岁，必可胜任旅游局的工作）。在她的口中，那是一个让人"放心"的地方，这个词当即就激起了我好奇心。两小时后，我被带去接待处见那个人时，我脑海中又浮现出了这个词。当然，我提早到了——我认为这样可以彰显我的决心。在去候见室之前，我不忘提醒秘书，我是大老远赶来赴约的。

您应该也会欣赏院长这个人的。我故意强调了院长这一称谓。在她的面前，连身心构造正常之人都会感到自卑：她和我一样高，也许肩膀比我要宽；她的声音低沉，几近男性化；在她穿透性的目光下，我甚至不等张嘴，就已经准备好承认自己四年来的所有过错。尽管她的体格令人印象深刻，但她周身散发的宽容让人安心，甚至让人梦想拥有她这样一位挚友。

我们挪步花园，她为我介绍了疗养中心，莫不是以为我打算在这儿小住……为了让您了解我们正在与谁打交道，我要讲一个插曲。当我们在聊四周的树木时（您知道这对我来说是个不竭的话题），我看到她的神情在不到一秒的时间内发生了变化。当我朝着她的目光方向扭头看去时，她已经以奥运赛场上的冲刺速度，来到了那个正坐在板凳上抽泣的病人跟前。我见她跪在那个年轻女人脚边，抓着她的手，在她耳边低语，又从口袋里拿出纸巾替她擦干脸颊。卡蒂亚走回我这边时，脸上已恢复了神气，那个朝大楼走去的病人看起来如释重负。安莉丝，您发现了吗，这个世界上有一些人使我们感到自己特别地小，既是字面意义上的矮小，也是抽象意义上的渺小。

我猜在这种温柔之下必有一种不可撼动的坚定。我猜得没错，因为我不得不花一下午的时间与她据理力争。最终院长同意会给艾尔薇打电话，并转告她我的联系方式（她断然拒绝直接给我患者的电话号码）。尽管我在上一封信中表明了我誓不罢休的决心，但我还是怀着敬意接受了现在的解决方案。有时候我们会遇到一些我们无论如何都不愿辜负的人，卡蒂亚女士就是其中之一……

告别疗养中心后，我在周围小作停留后折回酒店。自从冒险开始以来，我从未像现在这样兴奋。我预感很快就能见到那位潜入我的大脑替我完成作品的人。这种和陌生人产生的亲密感，好比一个器官移植接受者的感受。那人给了我他生命中的一部分，让我得以重生……

隔天早上八点整，我家的电话铃响了，卡蒂亚女士告诉我，她已经将我的请求转告给了当事人。艾尔薇住在加拿大，她说她很乐意与那些难忘的文字背后的作家联系。虽然工作繁忙，但她答应在接下来的几天中给我写信……而且您不会猜到艾尔薇住的地方……就在蒙特利尔！您怎么看这次的巧合？难道是我上个月在魁北克的大街上闲逛时遇到的某位女士吗？

以上是我在南方探险的札记，我本希望能带回更多确切的消息来打动您，但今晚，我很高兴能认识一位杰出的女性。当然，现在该轮到我扑到邮递员朋友身上了，就等他靠近我四面迎风的邮箱……

西尔维斯特

P.S. 何不在旅行结束时组织一次聚会，邀请所有读过手稿的朋友？要是查理住在新西兰，我将开始省吃俭用以支付旅费。您怎么看这个疯狂的主意？

艾尔薇·勒赫写给西尔维斯特·法默尔

迪克森街，蒙特利尔

2016年9月17日

亲爱的法默尔先生：

我知道我的口音会让任何一通电话都变得坎坷，因此我选择给您写信。我本不会有幸认识您，但是卡蒂亚女士告诉我，您想向我打听二十年前大卫是如何拿到了您的小说的。我对大卫印象深刻。这类场所的病人之间交流频繁，即使他们回到正常生活中就无法生存。我们在医院的围墙里忘记了外面的一切。我们就像是被世界排除在外。这种分裂迫使我们直视自己，在退无可退中接受我们已经变成的样子。其他病人见到我们的反应就是我们唯一的镜子，我们没法将视线从他们脸上移开。但是，我们每一次面对面的遭遇都会刺激我们检视自己，然后我们在受损、不适、破碎中结束内省。为了防止自己在抑郁症那阻光的阴霾里窒息，我只找到了一种解决办法：图书馆。

我对书的兴趣可能是受了家庭传统的影响，也可能是因为

205

我喜欢写作，这项活动帮我挺过了被逼向绝境的日子。

为了使您更好地理解，我只得向您坦白我的情况。我不认识我的生父，我是由继父抚养长大的，他完美地扮演了父亲的角色。不幸的是，在我只有十三岁的时候，一场车祸将他从我身边夺走。母亲刚将他下葬不久，便送我去了一所富家子弟的寄宿学校。我只有在放假期间才能回家，每次推开家门，看到的永远是母亲彻底消沉的样子。她煎熬、流泪，总之，她忘了我的存在。直到那天我在电话中被告知，她选择了自杀。那时我只有十八岁，我悲愤地将遗产一边用于治疗一边继续自残。

为了给我的派对事业让路，我辍了学。街区的年轻人可以在我这儿消费到一切市场上可见的酒精和毒品。一场又一场的狂欢夜以病毒般的速度接踵而来，为了尽可能多地容纳常客，我决定找一个早晨清空母亲用来堆放继父遗物的房间。

那个早晨变成了对我自己的救赎。悲伤取代了愤怒。当我看着满满一书桌的回忆时，我流光了五年来强忍的全部眼泪。如果我说我把自己锁在这个房间里整整三天，您会相信吗？七十二小时内，我没有进食，只是喝水（水在我的生活中是稀缺品！），间或去隔壁卫生间上厕所。正是在这次大扫除中，我才在继父的遗物里发现了您的手稿。它仍然躺在原始的信封里，上面的邮票表明它来自法国。我读了小说……

当我离开书房时，常驻我家的寄生虫们全撤走了。我猜主要原因是一楼被吃空的冰箱和脏乱的房间。我洗了这几天来的第一个澡，然后给住在法国的姨妈打电话。母亲去世后，她曾多次邀请我去她家。

第二天，我就登上了飞往蒙彼利埃的班机。姨妈见到我的精神状态，便联系了一家可能会让我重新振作的疗养医院。于是我认识了卡蒂亚女士……我在她的羽翼下休养了近一年时间才回到法国南部重拾学业，其间和姨妈一家住在一起。现在您知道了我与大卫相遇的前因。我们之间的友谊很短暂，因为我俩一起在疗养中心的时间只有两个月。但就像所有发轫于困境中的关系一样，我和大卫肝胆相照，我很想知道他现在怎么样了。

周二晚上，我与卡蒂亚夫人忙着叙旧，所以她没来得及在电话里向我说明您此番打听的目的。如果您需要更多信息，可以直接给我打电话。尽管我们都有各自的口音，但这不妨碍我们试着理解彼此（在此附上我的手机号码）。

如果您有时间，可以寄给我一本样书吗？如今我的心态已不同于往日，我想再读一遍小说，我也很乐于与我的女儿分享。

感谢您。

盼复。

艾尔薇

安莉丝写给威廉

莫里雍街
2016年9月18日

亲爱的威廉：

　　希望您能原谅我没有早点儿给您回信。我本可以找个借口，谎称8月底我都在忙着帮儿子搬家——这在一定程度上是真的，但事实是，我费了好些时间才消化完您的过去，以及考虑我是否应该对您另眼相待。

　　当然，我看您的眼光变了。我再三考虑，还是觉得您在我心目中的形象没有贬损。奇怪的是，我甚至想说"恰恰相反"。您的魅力和诱惑确乎黯淡了一些，可这不失为一件好事。当我走入您的过去，才看到了这些使您变得有趣和生动的裂痕。如果非要我给7月在洛泽尔见到的威廉·格朗定一个罪名，那就是他的举止同他的外貌一样完美得过分。请您相信我，留点疤痕对您大有好处。我很高兴看到这阵子您摘掉了放荡不羁的面具（您欺骗我们的手段可真高超！），而且我向您保证，我们之间的友谊仍牢不可破。

我刚刚接到麦吉打来的电话，她要求我告诉她您的秘密。我想我已经得到您的许可。

根据电话里她欲言又止的寥寥数语，我知道她沮丧地接受了我说的真相。我料到会是这样。麦吉通常是一个谨言慎行的人，她不会原谅自己在没有试图更好了解您的情况下，就对您妄加指责。这种失去理智的行为势必会让她淹没在自责的风暴里。幸运的是，她是那种每次巨浪过后都能重焕活力的人。

现在轮到我责备您的沉默了，因为我急着想知道您对大卫的采访结果。您带上您的母亲了吗？见到这个对她生命有过非凡意义的男人，她有何反应？我知道，您不会怪我一下子提出了这么失礼的问题。

当然，所有这一切可以留到圣诞节再作讨论，但是，您不妨在转机或漫长的飞行过程中，提笔写下您已知晓的内幕！

您无需担心我们坚定不移的友情。

祝好！

安莉丝

P.S. 我听说伦敦此刻的气温二十七摄氏度！您打算去泰晤士河畔捕捉些许水边的凉气吗？在巴黎，我们置身在相同的高温之下，要从开着空调的办公室转移到一开房门就给我们当头一棒的热浪中，真是强人所难……

麦吉写给威廉

狐狸海角
2016年9月19日

亲爱的威廉：

我犯了一个严重错误。

您看到了，这几年，我将一切现代通信设备驱逐出我的生活，坚定地拒绝新世纪以来我们被要求遵循的行动和反应速度。我选择活在对时间效益追求的外围。这就是为什么我只通过信件与朋友交流，我希望这样能给姗姗来迟的文字带去更多的分量。

可我错了。

落在纸上的铅字并不比脱口而出的话语占更大权重，而且，它们并不更值得反思。我寄给您的上一封信没留副本，但不幸的是，我的记忆力有时会超常发挥。为此，我宁愿那信被邮局销毁或被龙卷风吹走了。我没有生气的权利。如果说我的指责对您有失公平，毫无疑问，这是因为我对您的兴趣比我愿意承认的要多得多，也是因为重提那段我抗拒的过去叫我痛苦。我领教过往事的威力，深知逝去之人对我们的选择造成的影响。

十三年前，我在巴黎从事律师工作，受同行认可，在首都也算有过不足为道的名气。我捍卫那些被社会遗忘的边缘人的权利，当有人指控他们劣迹斑斑时，我站出来为他们辩护。从他们的外貌即可看出他们痛苦的生存状况，有人却对此视而不见。他们讲述的经历大同小异，虐待，威胁，浅薄的种族歧视，施暴者来自父母、雇主或邻里。和任何人一样，某天他们也犯了错。他们的隐忍驱使他们对执法人员进行肢体和口头攻击，他们的怨气驱使他们偷车，他们的害怕引诱他们酗酒。当我和他们擦肩而过时，我尽力使他们免于重刑。我是一名律师，就像有人是教区牧师，都是信念使然。

我很幸福。我为我的委托人赢得了第二次机会，我也迎来了自己生活的转机。我恋爱了。以至于我顾不上三十七岁的高龄，决定要生一个孩子。我，一切陈规的反叛者，将个人自由摆在生命之前的人……

那天，我们在医院预约了超声波检查。在车上，我们笑着给未来的孩子起名字。我至今仍然可以列出那天车载收音机里播放的歌单。我提议孩子就叫库内贡德，我偷看我深爱的男人的反应，却看到了一张扭曲变形的脸。不是因为我起的可笑名字，而是因为一辆逆向行驶的轿车。

之后的事只剩一片模糊。我至今也不知道如何拨开当时我给自己圈禁的阴影，找出那天的真相。我只能记得从第二天起发生的事：有人向我宣布理查德的死讯，我肚子里还在等待名字的孩子也离开了我，或许他不想自己的生命这样残酷地开始。当时，流产对我来说是一种解脱，我无法接受让新生儿做我刚痛失的爱人的替身。

我花了六个月的时间才勉强回归世俗世界。我重拾工作，每个人都对我很好。我分到的都是最简单的案件，例如，有个十七岁男孩开着他父亲的车送女友回家。路程只有五公里。他只喝了一杯啤酒，这点所有证人都可证明。当天路很滑。汽车不受他的控制。

我还记得当他看到自己对被他撞翻的年轻女人造成的悲剧时，他那天使般的面庞满是后悔和内疚折磨下的疮痍……

他的忏悔没能让我感动。

办公室里没人知道那起害死了我爱人和孩子的事故。我对面的驾驶员也是一个年轻人，也喝醉了，他撞上我们的车后，毫发无伤就从车里走了下来。我的合伙人不明白为什么我没留下一句解释，就收拾东西离开了办公室。第二天，我在布列塔尼下船，回到老家，打开百叶窗，去卧室放下手提箱。之后的两年，我再也没有踏足巴黎。

安莉丝替我廉价出售了巴黎的公寓，甚至模仿我的签名，办理了所有手续。当她带来最后一批生活物品时，也给我带来了一份工作。她向我介绍了一家正在寻找青年作家的出版社。我谢绝了她的好意。十二个月后，我还是寄出了我的第一本儿童画册……

就是这个悲惨的故事，让我变成了被您谬赞的独立女性。一个脱俗于万事万物的女性，不幸的是，除了她的过去……

威廉，这个故事是我欠您的。

我们在布列塔尼的那几天，都撒了谎。我们深陷另一种生活，假装自己成为我们本可以成为、我们梦想成为的人。我无权谴责你。希望您忘记我刺耳的谬论，我祈祷它们没有对您造成太大伤害。

致以我全部的友谊。

麦吉

大卫写给安莉丝

雅斯磨坊大道

2016年9月20日

安莉丝，您好：

几天前，我同意了威廉·格朗的探视请求。他同母亲一起来了。这次探视委实不易，需要他在满满的日程安排中找出夹缝走完麻烦的授权程序。但他脸上挂着他从母亲那里遗传的笑容，这种罕见而珍贵的微笑帮他敲开了所有紧闭的大门。

丹妮丝一言不发，但是从我出现开始，她就紧盯着我，整个探视过程中，她的目光从未移开。临别时，她抓过我的手，紧紧握着。威廉向我保证，他没见过母亲竟能如此长时间保持专注。丹妮丝的反应已经让我知足了，往后的时日有了光。

矛盾的是，我很久都没有像此刻这么孤独。我发现除了包装蜡烛和去健身，一整天下来我没有干任何事。这是我第一次感到自己被困。是时候醒悟了，我已经花了将近十二年的时间活在铁窗之下！是丹妮丝的病让我醒来的吗？昨天我意识到，她把自己关进遗忘中，是为了像我一样生活……

我在您眼里是疯子吧？这就是我不愿告诉威廉的原因。但我鼓励他带他的母亲回到洛特省，那儿有我和丹妮丝短暂住过的房子。得知我留下了这栋房产，且丹妮丝仍然是它的所有者，威廉十分诧异。他大概以为我已经把它据为己有并改造成了供窃贼不用上岗时藏身的据点。其实，我只回去过一次，为了在那儿找她的痕迹。那时我刚从我待过的最久的监狱里刑满获释。我在服刑时，曾梦到她去了那里。但实际上，似乎我们分开后，她就再也没有去过。她的儿子问我要了公证人的名字。我知道他会信守诺言，将丹妮丝带去那里的，他也祈祷重返故地能让他母亲走出自己的牢狱。

　　以上是我能提供给您的全部真相。外面的天空总是湛蓝的，借着漫射的日光，我才能感到此时正值秋季，我在牢里最惧怕的季节。秋天使我悼念在洛泽尔广阔的森林里的漫步，听风、听虫在脚下嘎吱作响的静夜……如果您回到贝尔波勒，请代我享受这一切。

　　最苦的不是身体的监禁，而是视野的限制。我的眼睛一直在寻找地平线，这是只有自然才能赋予的极限。树的叶簇，山的尖峰，丘陵温柔的线条或大海浩瀚的曲线……我身处的地方无处可逃。每一眼都撞在墙或栅栏的垂直线条上，视野随之日益缩小……

祝好!

大卫

安莉丝写给西尔维斯特

莫里雍街

2016年9月21日

亲爱的西尔维斯特：

再次恭喜您！自接到您的电话以来，我的激动一直没有褪去。太幸运了，艾尔薇还记得装手稿的邮包上的字迹！感谢她愿意抽出周六的时间翻找那些装着父母遗物的箱子。我能想象这个任务有多残忍。祈祷她很快就能找出那个珍贵的信封以及上面寄件人的名字。

如果顺利，我们也许就能知道查理为什么会把在机场捡到的小说补写完整……对此，我必须告诉你我昨晚的噩梦：我们拿到查理的地址后赶去那里，却来到一个布满荆棘的地方，门上钉着一张死亡通知书。我透不过气来，从梦里惊醒，擦干梦中流下的泪水。您看，这一切对我的精神造成了多大的影响！

而您，亲爱的西尔维斯特，您面对越来越迫近的真相是什么心情？高兴？担心？难道是出于恐惧，您才选择派您的女儿去取回我们苦等多月的名字？一想到周六晚上她就要告诉您查理的身份，我激动得直跳脚！

一旦您获知真相，请尽快告诉我。不用怀疑，在您致电之前，我都无法合眼。我不是唯一的狂热分子，麦吉要我保证那天给酒店打电话，她会一边和阿加特吃饭一边竖起耳朵监听。我敢肯定，这是她人生第一次后悔没买手机。

我知道在我们昨日已通过电话的情况下再写这封信，稍显多余，但是我需要把到达目的地的幸福感落实于纸端。此刻我就像是那些朝圣者，知道过了下一个拐角，就能望见圣路的尽头。故事即将翻页，调查迎来尾声，其实这反而让人喜忧参半。

至于您对麦吉的爱情有没有看走眼，我在无法得出结论之前，会先避免跟她提英国、比利时或洛泽尔任何一地，灰色瞳孔乃至男人都是禁忌。为了找些无关痛痒的聊天话题，我相信过不了多久，我就得去钻研集邮或者占星。虽然邮票可能会让她联想到那个杳无音信之人，而研究星座可能会唤起她对今夏在贝尔波勒看到的群星当空的记忆……

您日盼夜盼的同伙

安莉丝

麦吉写给安莉丝

狐狸海角
2016年9月22日

亲爱的莉丝：

我要对那通令你揪心的电话留言再次表示歉意。你也知道，对我来说和机器聊天有多难。为什么我变得这么有侵略性？对此我也没有头绪。也许即将过去的第五个十年同时玩弄着我的感情和荷尔蒙……

我也向威廉道了歉，一切恢复正常（总之，我希望是这样）。我想我已经不习惯和男人在一起了。从现在开始，我最好避开他们，因为他们表现得越友善，我就越怕他们在伪装，进而越发抵触他们。这就是为什么我从洛泽尔回来后又花了一段时间才恢复生活的平衡。

我知道你在想什么，感谢你没有说出口。但是，理查德不用对此承担任何责任。他走后的一段时间里，我曾坚信他代表了最理想的异性形象，现在，我已不再执着于什么理想男人。我早就接受了现实。我们曾经深陷的爱情随着时间一起慢慢消退，时间帮我逐渐意识到爱情的瑕疵。我和他最终都会争吵，甚至远离彼此。你看，我已习得并牢记了教训……尽管效果不太显著。

所以，我们就让理查德安息吧，然后接受现实：我只是一个老女人，已经不懂如何假装从与男人的互动中得到快乐。我确定威廉会理解这一点，并接受我的道歉。

你明白了我在爱情这方面的轻微残疾后，就不会为我缺席圣诞聚会而感到遗憾了。你们不需要一个愁眉苦脸的女人，免得她的情绪波动破坏了节日氛围！相反，我一直很想陪你前往布鲁塞尔。那几个你发来让我挑选的日期，我都可以随叫随到。我盼着探索这座令你如此振奋的城市，我保证在旅行期间会保持得体，不乱咬任何一个比利时人。

我和阿加特正在为周六晚上筹备真正意义上的盛宴（"盛宴"意味着我将脱下破洞毛衣和兔头拖鞋，即使在外省的餐馆，这身打扮也属于明目张胆的失礼）。我们将为佳肴辅以佳酿，每次电话铃响，我们都会举杯，为期盼已久的捷报欢呼（喝蜂蜜苹果酒是最好的抗焦虑疗法）。

亲亲。周六联系。

麦吉

安莉丝写给大卫

莫里雍街

2016年9月23日

亲爱的大卫：

我很高兴您接受了威廉的探视请求。刚才，我给他的手机又发了一条信息……由于前面三条都石沉大海，所以我对第四条没抱太大希望。他的沉默并没有让我担心。我知道他的生活一直动荡不定，保持冷静和距离有时候对他也是必要的。

相反，我担心您的命运。大卫，几个月后您要住在哪儿？您是否敢面对洛特省那栋房子里浮现的回忆？

也许您应该彻底远离马赛，这个城市似乎对您的人生选择没产生过什么好的影响。您将靠什么维持生活？小偷有退休金吗？还是有重返社会的低保这类救济金可领？

请您再次原谅我的冒犯，只是我不愿看到您离开监狱后只能流落街头。哪怕我们从未见过面，现在您也成了我朋友圈中的一员，如果您出狱后遇到困难，我非常愿意为您提供帮助。

既然提到了见面，请问您是否有可能拿到除夕夜当天的保

223

释许可？我们很乐于新增一名宾客，共赴圣诞中的洛泽尔。我们计划在那儿组织一次聚会，为小说的曲折历程画上句号。目标就快实现，用不了多久我便能告诉您这个故事的大结局。

想到此，我已经雀跃了起来。

我们会找出谁？莫不是我们对调查结果抱有太多幻想？如果我们在这趟旅程的终点迎来一个早就忘了手稿一事的泛泛之辈，或者更糟，是一个贬低小说的狂徒，我们会大失所望吗？是的，我很害怕。我祈祷结局不负所望，最终只有结语才能赋予作品以完整和永恒。

无论如何我都会及时通知您。大卫，您是链环上的一节，也是这本小说里的一章……

致以我全部的友谊。

安莉丝

P.S. 在巴黎，人们感受不到秋天的气息。今年，我来不及欣赏火红色的洛泽尔，也听不到脚下栗子壳被踩碎的声音……但是，我等不及要去看冬季的洛泽尔，我梦想在那儿过一个白色圣诞，迷失在您最爱的森林深处。

西尔维斯特写给安莉丝

莱沙耶

2016年9月23日

　　我废除了与我的邮递员签订的忠诚协议，为了联系我们的某位同伙，这次我首选了电话。但是，我有借口：威廉总是以闪电般的速度从一个城市转移到另一个城市，想立即与他联系唯有打电话。此处我给您摘录他后面的来信，以向您证明我的背叛情有可原：

　　我刚离开苏格兰前往美国。如果一切顺利，您将在年末的圣诞假期见到劳拉！

　　感谢您的支持以及几天前我们通过电话进行的长时间交谈。我之所以决定从这个夏天开始尝试和女儿对话，是因为您成功煽动我跳上了飞机。意识到任谁都无法将我的母亲带回这个世界之后，我终于接受了未来的不确定性，重要的事情不应该被推到明天。

　　所以我直接飞去了苏格兰，掐准岳父母的开饭时间不请自来。我没有在乎岳母试图把我赶出家门的破口大骂，我闯进饭厅直接来到劳拉面前。劳拉看着我，好像见到了鬼一样。我对着她讲出了我的心声，那十五分钟，没有谁能够打断我。我告诉了她一切，包括我的悔恨、恐惧、对她的爱、面对我母亲时的悲伤以及我想在她的生活中找回一席之地的全部希望。我甚至提了您的书，西尔维斯特，您知道她做了什么反应吗？她脸上闪过不易察觉的笑意，像她母亲那样习惯性地低着头，问我："可以借给我看吗？"

我哭了。

而您幸免了。要是您当时在场，我会拥抱您，顾不上我作为英国人的持重，您作为典型法国人的粗犷……

我没法全部抄录给您。但是这次父女之间的长谈，增加了劳拉念完高中后，搬去威廉家并在伦敦继续学业的可能性。威廉恳请我将样书寄给他女儿，就在刚刚，我已照做不误。他指望这本书能说服劳拉与我们所有人一起共度圣诞。我不知道我是否有这种能力。

不敢相信，我竟然帮助我们的朋友迈出了他多年来一直抗拒的那步。安莉丝，我心满意足了，希望查理的出现不会使我过去几个月以来居功的合法性轰然倒塌。

当然，您将是明天晚上第一个接到我电话的人。我想我们很快就可以组织一个三人会议。如果为此我们必须前往加拿大，那么就让我的女儿负责膳宿，我来负责您的机票。

似乎到了此刻，万事可期。安莉丝，所有这些都要感谢您。

明晚电话联系。

西尔维斯特

P.S. 既然您是醉心文学之人，肯定读过不少描写激情的文字，您怎么会看不到这两个恋人试图闪躲对方的用意呢？

如果您想要我出示证据，那就麻烦您调查一下麦吉在圣诞期间的行程。这个能完美证明她去不了洛泽尔的旅行计划来得如此及时！我敢打赌，在她家里根本找不到去海峡群岛的订票！她只是害怕面对那个打破了她的独处惯性的男人。至于威廉，自他妻子去世以来，他第一次停止了逃跑的脚步，他终于找到安定下来并与女儿重新建立联系的力量……这种转变您怎么解释呢？

我们现在站在观察者的位置肆意取笑他们，如果我们身陷他们的处境，会比他们更大胆吗？

安莉丝写给麦吉

莫里雍街

2016年9月25日

嗨，麦吉！

你好吗？你有威廉的消息吗？我这儿没有，但我从西尔维斯特那儿了解到了他最近的行程。也许他在去苏格兰与女儿重修旧好之前，需要来自另一个男人的建议。是的，他的女儿……所以，这就是他的过去，为了让生活继续前进，他想找回这段过去。

我之所以在没有得到他同意的情况下告诉你所有这一切，那是因为你是我最好的朋友。以朋友的名义，我还要告诉你，我再也不能忍受看到你如此镇定地自欺欺人。睁开眼睛吧，麦吉，接受你可能坠入爱河的事实，这也许就能解释你的情绪波动不仅仅来自你的荷尔蒙作祟。比起大部分女人对他的关注，你的刻意闪躲更容易出卖你。

即使你承认自己恋爱了，理查德也不会气得在墓地翻身；如果离世的人换作你，他不会等十三年才重新开始生活。男人没什么不一样，我同意你的看法：他们是善变的动物，永远不值得信赖。

是的，现在我也很生气。抱歉昨晚我没有给你回电话。但是我那么信任西尔维斯特，他的背叛更令我寒心。我整夜都把手机贴在耳边，他怎么会忘了给我打电话（我把铃声调到最小，以免吵醒朱利安）。从凌晨两点起，我在他的答录机上留下了第一条消息，然后是第二条、第三条。什么回应都没有。最后我在凌晨五点给他发去简讯。仍然没有动静。

直到早上十点，我才开始破口大骂（请表扬我的耐心和克制），从那一刻开始，我逐条列出了如果他在我面前我会对他施加的所有酷刑……我承认，这个方法不是很有成效，但是可以解一部分压！

唯一可以告诉我昨日实情的人，是那位加拿大的艾尔薇，她在继父的遗物中找到了手稿，可惜我没有她的联系方式。我差一点就要给一个也叫科拉莉·法默尔的人打电话，还好后来在她的脸书上发现她曾数次当过奶奶。

我认为我有权跟进由我发起的调查，对吗？最坏的情况是艾尔薇给出的线索又指向了死路，比如那人已不在世上（祈祷结局千万别是这样，不然我们所有人都要难过）。不管是死是活，查理的身份都应该在昨晚被揭晓，西尔维斯特没有理由替他的身份保密……

如果我告诉你，昨晚两点我已经在头脑中搭建出了一部灾难大片，你就能估算出我的痛苦。我想过会不会是一场车祸让西尔维斯特住进了医院，因为只有失忆才解释得了他的沉默……我无法重新入睡，只好一头扎进家务，来暂时摆脱我疾驰的想象力拼凑出的画面。

幸运的是，明天办公室还有大量的工作在等我，我的老公和孩子得以逃脱沦为出气筒的命运。

回头见。

亲亲。

莉丝

P.S. 关于你对威廉的看法，不要怪我说得太直接，我们早过了自欺欺人的年纪。如果你决定待在自我欺骗的假象里，我不会再拿这些非议打扰你，但是如果你犹豫了，请想想那双灰色的眼睛，它们恰好能搭配你的灰色家装，也与透过你家窗户看到的大海的颜色没有任何色差。我知道你对室内装饰的议题总是很敏感。总之，男人是否值得我们重新考虑？

威廉写给麦吉

彼得大街
2016年9月25日

亲爱的麦吉：

我终于下定决心给您回信。如果我之前的话又冒犯了您，请您立即把它们擦得一干二净，或者就当是我尝试与您交流却不得其法时出的昏招。让我停止道歉的唯一原因，是因为反复的道歉似乎会过犹不及。

您诉说了自己的故事，好像从此以后我们各自的过去就可以相提并论。不。如果您没有受任何人的指摘，如果您没有犯下导致您爱人和孩子死亡的任何过错，我就无法与您一同解脱。我在家庭不幸中扮演的角色使我难以给予自己宽恕。

过去几天里，我不停找女儿说话，我感谢她的宽恕，即使在我俩分开那么多年后。也许您在月初对我提出的批评是有益的。我向女儿坦白一切，可我不知如何能在您面前做到同样的坦率。托您的福让我也获得了幸福，但请放心，我不会将我的感情再次强加于您。我的感情从来不假，但在时间的打磨下，

233

它们将转变为真诚和忠实的友谊。

因此，拜托您同意与我们一道跨年吧，您什么都不用担心。为了我们的西尔维斯特，请接受我再次向您发出邀约（你们人多势众，所以您很容易就可以避开我）。您的缺席将变成节日的缺憾，而我必须为此负责，我知道增加我的内疚非您本意。而且，选择在除夕为我们的朋友庆祝，这是多么用心的安排！

麦吉，我已经穷尽了我所有的理由，期待您的答复。我会学习您在布列塔尼招待我的方式，以尽可能纯粹和友善的方式向您敞开大门，这次我绝没有包藏任何想吸引您注意的居心。

希望尽快见到您。

友好的

威廉

P.S. 我不知怎么形容我在得知您不幸遭遇时的感受，请不要把我的词穷当成冷漠……

威廉写给安莉丝

willygrant@gmail.com

蒙特利尔，2016年9月28日

亲爱的安莉丝：

我已经到了美国，但接到您的电话后，我立即赶往了蒙特利尔。西尔维斯特把他女儿科拉莉的联系方式留给过我，这事我没有告诉您，怕您会怪我贸然行事。但是，您在电话那头的叹气，以及我接下来几日暂不受工作支配的闲暇，促使我出发寻找"失踪"的西尔维斯特。

星期二，我去见了科拉莉，她说了仅她所知的那部分。她去艾尔薇·勒赫（那位将书赠给大卫的加拿大女士）家拜访时，艾尔薇已读过了随书一同寄来的附信，信上的落款日期为1987年1月7日，只签了一个没带姓氏的名字。寄件人在信中请艾尔薇的继父"归还小说"，还恳求他原谅自己将小说霸占了四年之久，并补充道，正是在这段时间里，她完成了小说的结尾。科拉莉立即打电话传达喜讯，西尔维斯特知道后不禁在电话的另一端惊呼。

不料，当科拉莉读出信封背面的名字时，西尔维斯特一句不说便挂了电话。之后，她就没有再收到父亲的消息。当然，所有打给西尔维斯特的电话都转给了答录机。我想我不必多说，您也能想象他的女儿现在有多么担心。

我回到酒店后，在网上经过两个小时的研究，终于挖出了一位名叫克莱尔·洛朗–马拉德的侦探小说作家，在法国她更为人知的笔名是洛朗·麦克德洛。

今天早上，我带着这一骄傲的发现，陪科拉莉又来到艾尔薇家。艾尔薇向我们说起了她的继父……峰回路转：您还记得吗，西尔维斯特曾在洛泽尔说过，他是去拜访朋友时弄丢了手稿，而这位朋友叫阿希尔，是一本文学杂志的主编。我问艾尔薇，原来她的继父就叫阿希尔·戈蒂耶！因此，最初的收件人在1983年手稿失踪后不久还是收到了手稿。为什么他在没有通知西尔维斯特的情况下，将手稿寄给了别的女人？

只有一个人可以还原真相：那位自称洛朗·麦克德洛的女士。由您与她联系看来最方便。

我计划这个周末回伦敦。现在是时候去看望一位流落在魁北克的前同事了。我和艾尔薇还约了晚餐，她对我的工作很感兴趣，想听我在上一次扑克锦标赛上的战况。

总之，只要西尔维斯特再次现身，我很乐意替你们责问他（当然，得在您的支持下）。

祝好!

威廉

P.S. 请不要告诉麦吉我们现在正通过电子邮件联系，咱们的形象会在她的心目中大打折扣的。

克莱尔·洛朗-马拉德写给安莉丝·布里亚尔

clairelaurent@free.fr

库尔马路，2016年9月30日

布里亚尔夫人：

我现在就按您署名时用的姓氏称呼您，但您无法想象我的编辑在每天为我代收的一堆邮件中看到您的信封抬头时的吃惊表情！

那一刻，我本要不顾一切赶往现场拍照留念。我的编辑立刻打来了电话，我对他发誓，我从未见过您，可他依旧一个人在电话那头兴奋不已。为了让他冷静下来，我最终授权他拆开信封并为我朗读信中内容。

接下来，轮到我大惊失色！我以为手稿早就不知所踪或者被我丢进了橱柜深处，现在看到这本三十余年前的手稿竟在光天化日之下找上门来，又听到它在来到您的手上之前，经历了在不同人手上辗转的漫长旅程，我不知道自己该笑还是该哭！当然，我的编辑因为我没有告诉他这本手稿的存在，又见我迟迟不做辩解，故展开了对我的声讨。我答应他，我与您取得联系之后，再跟他解释一切，但我已经提醒过他，我对这本小说不享有任何权利，我只是在三十余年前给它添过一笔。

即便我的态度在您看来有点置身事外，可实际上，我非常珍视这本小说。它在我心中占着极为特殊的位置，三十余年后，我仍然可以背诵其中的段落……所以我要去一趟巴黎。您告诉我10月8号至13号您有事要离开巴黎，所以我邀请您在5号周三中午见面，就去那家我已附上地址的餐馆。地方虽其貌不扬，但足够我们好吃好喝，而且最重要的是，对想要安心聊天的人来说，那里的静谧氛围值得称道。

我的编辑为我抄送了您的来信，我兴奋地读了一遍又一遍。我等不及想听到您的消息，想知道您在其中扮演的角色。

期待与您相见。

友好的

克莱尔·洛朗–马拉德

P.S. 有必要事先通知您，我已用您的名字在那家餐厅预订了座位，以防您可能第一个到达。当然，我没有告知任何人我们的约会，尤其没有让我的编辑知道。我很喜欢他，尽管他身上缺点不少，比如唯恐天下不乱，而且热衷于让手下的作者为此负责，因为他觉得内疚是我们写作的肥料。但我拒绝做替罪羔羊。

安莉丝写给威廉

alise.briard@yahoo.fr

莫里雍街，2016年10月1日

亲爱的威廉：

我听取了您的建议，一切进展迅速：我将在周三中午与克莱尔·洛朗–马拉德见面。我亮出了娘家的姓氏，因为它也是巴黎一家出版社的名字。不用说，这一招加快了联络与反馈的速度……

克莱尔告诉我，这部小说在她的心目中地位特殊。也许原因很简单，她的作家生涯或源于此。但我不禁幻想，这一切的背后会不会还存在更紧固的牵绊。

威廉，您值得与我们一同见证这趟冒险的终局，因此，我邀请您来巴黎，听听克莱尔的故事。我也邀请了麦吉（别担心，我的儿子已经赴外省继续学业了，我家现在空出两间客房，足以让你们避开对方，除非是在通往洗浴室的狭窄走廊上，如有必要，我们可以制定一份精确的通行时间表）。

为了简化你们的同居流程，我毅然对我的朋友撒了谎。

我向她保证，她再也不需要担心您投来的关注目光，因为您向我坦白，您已受了某个名叫艾尔薇的女人的诱惑，艾尔薇看来更容易被您的魅力攻破。通过麦吉的情绪变化（我在电话里听得非常明显）以及她对艾尔薇的追问，我现在对她的情感问题已然心中有数。所以就看您如何利用这次机会。但是，允许我给您提一个建议：首先，让这朵疑云在你们二人之间悬停一会儿，然后通过在不必要的情况下谈论艾尔薇来支撑我的谎言。我爱麦吉，但是她看起来需要一次电击才会承认自己的感觉。

无论您作何决定，我家的房间会一直在这里恭候它的客人。另外，克莱尔·洛朗–马拉德刚刚接受了我的提议，同意让我在周三中午带着两个朋友一起赴约。

希望您能及时赶来。

祝好！

安莉丝

P.S. 您与艾尔薇相处得如何？我留意到你们二人的单独约会，我希望我为了煽动麦吉的嫉妒心而编造的谎言没有任何现实依据……

威廉写给安莉丝

willygrant@gmail.com
蒙特利尔，2016年10月2日

亲爱的安莉丝：

我将于周二上午八点二十五分飞抵鲁瓦西机场，如果您方便的话，我将先去您家放下行李（我很高兴能再次见到您，还有凯蒂娅和麦吉，也有幸能认识您的先生），再陪您一起去餐厅。感谢您邀请我与我们期盼已久的作者见面，也感谢您在信中提点的一切。我现在很兴奋，但这份心情与艾尔薇无关。

祝好！

威廉

P.S. 我在布鲁塞尔还有几个约会要兑现，如果你们保留了比利时的旅行计划，我可以将你们载到比利时首都（当然，前提是我这样做不会又惹麦吉生气）。

安莉丝写给威廉

alise.briard@yahoo.fr
莫里雍街，2016年10月2日

亲爱的威廉：

我还能说什么呢？星期二快点儿来吧！

不过，我可能没法在家中亲自迎接您，因为那时我还在办公室……只是为了让我的堂弟不爽，同时为我在公司的领地宣示主权。

但是无须担心，麦吉将在我家等您来……

星期二晚上我家见。

祝好！

安莉丝

安莉丝写给大卫

亲爱的大卫：

我来兑现承诺了。这个将我们聚在一起的冒险故事已奏响尾声。今天中午，我终于见到了想见已久的作家，并和她共进午餐（是的，作者是一位女士！）。即使在我最不着边际的梦里，也想象不出其他更好的不负过程的结局。

我告诉过您，1983年，西尔维斯特在去魁北克的一次旅行中丢失了手稿，他本打算顺路将小说的第一部分带给住在蒙特利尔的一位文学评论家。西尔维斯特与他相交有年，希望在动笔写小说结局之前能得到他的公正评价（假设存在这种评价的话）。不幸的是，当他飞抵时，装有手稿的手提包失踪了，经过一番徒劳的搜索，西尔维斯特彻底放弃了找回手稿的希望。三十多年以来，他从没有想过，会有一位殷勤的乘客替他将手稿带给了那位评论家朋友。至于后者为什么不告诉西尔维斯特他已收到了稿子，这个疑问暂时还未得到解答。

不过，我们终于知道了小说背后讲述的真实故事。1982年，西尔维斯特在香槟区打工时，爱上了葡萄酒庄老板的女儿，也就是我们今天下午见到的作家克莱尔·洛朗-马拉德。同年夏天，西尔维斯特遇到了著名的魁北克评论家阿希尔·戈蒂耶，他已经在法国定居了三个月，就住在毗邻农场的旅馆里，其间写了一本关于法国葡萄酒产地的书。评论家对西尔维斯特一见如故，不仅成为他的知音，还有幸见证了他萌芽的爱情。

这段爱情在那年秋天落幕，当时西尔维斯特必须返回巴黎开始他的大学生活。这对恋人知道自己尚少不更事，也被告诫过，在这个年纪交换的诺言多半要出尔反尔，所以他们放弃对抗两人之间的社会差距，从此再也没有联系对方。当克莱尔以为自己被遗忘时，西尔维斯特选择在写作中减轻悲伤。

我们从克莱尔那里知道到了失踪手稿的后续。克莱尔很惊讶有一天会收到装着西尔维斯特写的小说开头的包裹。

是阿希尔将手稿寄给了她。他无疑是希望克莱尔能意识到某个年轻人的深情。他想撮合这对恋人，给他们的爱情第二次机会，可他不知道的是，在此期间，克莱尔得了恶疾，凶多吉少（在交谈中，她不想对我们透露太多，我们尊重她的沉默）。她不愿意告诉西尔维斯特自己病情的严重性，而是选择留下手稿，以纪念他们一去不返的爱情。直到医生让她看到了治愈的一线希望。她认为这是一个征兆，于是打算在术后康复期间写下小说的结尾。在今天下午的餐桌上，她这样说道："当我点下最后的句号时，我知道自己已经康复了；我不需要医学检查，我感觉我的血液又像春木树干里的浆液一样丰沛……"

1987年，克莱尔身体康复，并将完成的书稿寄回给阿希尔，以为他可以帮忙转交给西尔维斯特……可惜阴差阳错，奈何阿希尔还没来得及履行使者的使命，便在一场车祸中溘然长逝。

真是一个离奇的故事。我们如愿以偿，因为它有足够多的曲折、激情和错过，足以衍生出一部不容错过的作品。

这还不是全部。我们的克莱尔以洛朗·麦克德洛的化名隐居多年，如果您经常看书的话，您应该有听说过她。今天中午，当威廉问及这次与故人久别重逢是否会激发她创作新小说的灵感时，克莱尔以近乎决绝的语气说，绝不可能，她当时补完小说结尾的唯一目的，是想打动西尔维斯特并将他带回香槟。戏剧性的是，那时她以为收到手稿后的西尔维斯特认为他们不适合再有联络。直到现在，她才意识到，西尔维斯特刚刚寻回了这份仍令他依恋不已的手稿。我难以向您描述她当下的表情。

所以我们不得不告诉克莱尔，西尔维斯特从得知她身份的那天起，就突然失踪了。克莱尔没有说话，一直到我们用餐结束。临别之前，她告诉我们，她想到了两个他可能选择避难的地方，但不便透露更多信息，她说她要用几天时间来核实自己的假设，并承诺一有消息就会尽快通知我们，然后她一一告别了我们所有人。

克莱尔离开餐厅时，整个人恢复了青春，我甚至以为自己看到她蹦跳着从街上远去（也许是刚刚喝的香槟上头了）。我记得我曾经向您形容过这些似乎已铭刻在我们身体每个细胞中的感觉。我认为将西尔维斯特与克莱尔联系在一起的爱情（我的第六感告诉我，对此我好像早有预言）和您与丹妮丝经历的爱情在本质上是一样的。

今天，还有一对恋人要在我家屋檐下重聚，尽管两个当事人非得兜兜转转一阵，才肯在爱情面前屈服，但我可以向您保证，他们的结局早已写在某处。矛盾的是，人们只有在青年时代，才会像仿佛第二天就要死掉那样坠入爱河；年龄越大，我们拖延的时间就越长，好像时间用不尽似的。这难道不奇怪吗？

如果我的所有预言都能得到证实，那么年底时，我们除了新年，还有更多值得庆祝的喜事。不过，也许因为我的工作缘故（我会在新年亲口向您揭晓，为了当我告诉您的时候，能看到您的笑容），我比一般人更相信浪漫的爱情故事。

我在焦急祈盼西尔维斯特回归的同时，也在满心欢喜地筹备让我们终将得见的年末聚会。

祝好！

拥抱您。

安莉丝

安莉丝写给麦吉

皮埃尔街，布鲁塞尔

2016年10月9日

亲爱的麦吉：

我们在比利时共度了美妙的假期！等你星期四返回家中，你就会收到这封信。今晚，我的笔下生风，耳中传来你在距我写字的胡桃木办公桌几米远的淋浴间里的低唱。你的眼神、微笑和动作多久没有这样平静过了？

你会毫不犹豫地回答，"自从理查德死后"！我不做反驳，但我深知你从未如此快乐过，是的，即使在你与那位被你视为命中注定的男人热恋的时候。可你不敢给他摘掉命中注定的标签，因为死亡为他点缀了他生前本没有的光环……

对我来说，你命中注定的男人叫威廉。不仅因为他从字面义还是引申义上都堪称一个完人，亦非我偏爱这个像打小就认识的朋友一样的男人；而是因为你遇到他的时候，你的生活已经恢复平静，不需要任何人来拯救。这种爱情是最完美的爱情，因为它在最正确的时间降临你的生命，因为你现在别无所

250

求——除了它会给你带来的每时每刻的幸福。

在你离开浴室之前，我迅速合上了信封。

永远不要忘记我会像姐姐一样爱你。

安莉丝

安莉丝写给威廉

皮埃尔街，布鲁塞尔

2016年10月9日

亲爱的威廉：

感谢您的理解。尽管您那么心切地想陪我们去布鲁塞尔，但是您深知我们需要专属于闺密的二人世界，同时我们也不想劳您大驾。别担心，在这次短暂的旅行中，我会盯着麦吉的往来出入，保证没有别的比利时人能拐跑她……

坦率地讲，即使在布鲁塞尔，我们也没有在任何一个街角遇到无法抗拒其目光直视的扑克选手……麦吉的洞察力极好，她能够及时醒悟，并赶在您落入别人掌心之前，朝您迈出脚步！

嘘！我们要等到圣诞节麦吉遇见艾尔薇时才向她承认我们的恶作剧……但是……也许我应该恳请艾尔薇将游戏玩到最后？这样我们双方都不用面对麦吉发现谎言时的暴怒，同时也能确保您在整个住宿期间都得到她的持续关注。相信我，你们自欺欺人的潇洒做派可爱到我们忍不住在角落里观察你们、模仿你们，当你们背过身去时，我们的讨论里就又新增了一条八卦。

得知克莱尔联系上了西尔维斯特，我长舒一口气。既然知道了他们在哪儿，我就可以安心地过我的周末了。先写到这儿，因为刚才浴室里的电吹风没声了，我不希望我们的秘信引起麦吉的警觉！

很快见。

您的好友
安莉丝

P.S. 我相信未来一段时间内，我还会继续在信中使用"您"这一尊称。"您"这种在英语中缺失的礼貌用法，衬托了法语无可比拟的优越性。因此，当我给需要以"您"相称的人士写信时，我自己也格外骄傲。

克莱尔写给安莉丝

ooooooooooooooooooooooooooooooooo

库尔马路
2016年10月11日

亲爱的安莉丝：

眼下我已回到了庄园。在这里，我没有错过任何一个秋天。几年前，我收拾好阁楼，然后摆满我认为重要的书籍，我的写作地点就选在这里。远处，薄雾仍笼罩地面，令我没法看清四野围绕的葡萄藤蔓。这也无妨，因为当光线寻隙穿透无人问津的葡萄庄园时，我便知道了它们的颜色。我慢慢欣赏这片曾伴随我一段生命时光的模糊的视线。

我的视力突然恶化时，我才二十岁。这就是肿瘤被发现的方式。那几年，我一直活在半径为六十厘米的可视范围内。人类在我眼中只剩模糊的轮廓，我需要通过他们的手势或步态才能识别。我养成了靠想象来辨认无法辨认之物的习惯。通过气味、颜色、轮廓、动作的突变或声音的柔化，我开始一步步重塑身边的人。然后，很自然地，我开始写他们的故事。距离刚刚好；在离纸四十厘米的地方，我能忘掉病痛。

确诊书刚下来的时候，我收到了西尔维斯特的手稿。若是早两天，我会跳上火车，直接去巴黎找他。偏偏是现在。我只能对阿希尔一人倾诉，并请他对我的情况保密。我在等待。我必然能等到结果，或好或坏。当我开始掉发时，我就不再去大学，而是参加函授课程。起初，朋友们会来探望。可我对他们无话可说。肿瘤只寄居在我一人身上，对于那些生命可期的青年来说，肿瘤不在讨论话题之内。因此，我在阁楼里筑起壁垒，凝望自己的记忆。大部分人都以为二十岁的人没有回忆。不。我甚至问自己，会不会我所有的回忆都在二十岁截止了，因为自此以后，我再也没有留下任何新的记忆。可能是因为衰退的视力阻碍我保存画面，或者我就是忘记了。除非医生漏切了一小块附着在我记忆上的肿瘤。总之，我也毫无头绪。

在我病情最严重的时候，完成西尔维斯特的小说成了留他在我身边的唯一办法。只留他一个人。其他人，我让他们散去。我的亲人被恐惧和内疚吞噬。如您所知，父母始终认为自己应对伤害孩子的一切全权负责。最后，我学会了不提死亡。我学会了强烈地生活在葡萄园的美色和春的甜味之中。我学会了无节制地贪恋风的力量，听它们在藤蔓里蜿蜒穿行时相撞的嘶嘶响声。我也学会了爱别人，每时每刻，爱他们的强大以及软弱。我不去说不确定的明天，我说的是明日之后。

我写完了西尔维斯特的小说。花了四年时间。那天早晨，当最后一个词在纸上落定后，我抬头向外望去，连满眼的葡萄藤也比往日来得生动。我知道我已经康复了。等医生给我颁布赦令，我便立刻给西尔维斯特的前房东写信，并从她那儿要到了西尔维斯特的新住址。我冲到他家楼下，抱着我们的书。好几个小时地等待。他出现了，挽着一个极漂亮的年轻女人。我逃往咖啡馆避难。我根本没有设想过这种可能性。我不敢相信，在我生命停摆的这几年里，他竟如此轻易地重启了生活。我回到库尔马，把手稿寄回给了阿希尔。我还在等，还抱着希望。我希望能从生活中断的地方开始恢复生活。我希望西尔维斯特读完小说，就会开除他身边的年轻女人。我希望他回到香槟。

从阁楼的窗户望出去，可以看到远方的道路。那是我第一次拿起我一直拒绝佩戴的眼镜，我要靠它把地平线带到眼前。我守着这条路。在这期间——确切地说是八百一十天，我写出了三本小说。然后我停止等待，也停止生活，我想。我开始找出版商，并开始融入他者的生活。

当然，我遇到过别的男人，还结了一次婚。父母去世后，我会在两本书创作的间隙，或不用去首都参加新书推广的时候，偶尔回来打理庄园。幸运的是，工作人员完全用不着我，他们请教我，只是想让我以为我仍然是这块土地的所有者。我没有孩子。我知道，在这里工作的人为我感到难过。但是，当每次偏头痛的发作都是复发的征兆时，这个人还会要孩子吗？她只是将眼镜搁在床头，然后专注于近距离的、清晰的东西，专注于此时此刻。

安莉丝，我今天告诉您的事，几天前也告诉了西尔维斯特。但对他有所保留。我没提沉默的痛苦，没提我从巴黎回来后的愤怒，也没提我的恐惧。说这些为时过早。所以，我要将所有这些吐露给您，因为我们永远不知道自己是否有机会完成告白，但只要知道在某个地方有某个人知道，并且他会永久保留这段记忆——就像书所起的作用那样，我们就能感到安心。

我是微笑着给您写的信。我可以追忆我的死亡，因为我不再害怕它。我死而复生。我能根据白天的光线或夜晚的阴影变换，用一千种方式看待生命。每个人都办得到吗？您是否也会通过重新分配周围人的角色来虚构未来？生命对我来说太新鲜了……

西尔维斯特告诉我您这一路做了什么。他不理解您竟为了一个不属于您的故事走了这么远。可我明白。我知道凭一个故事就可以占据每个夏天和秋天。我知道一部小说可以给我们带来深远影响，以致渗透并彻底改变我们。我知道纸上的人物可以窜改我们的记忆并永远与我们在一起。

祝您晚安！

克莱尔

西尔维斯特写给安莉丝

美岸酒店，勒孔凯

2016年10月13日

安莉丝，大约是在六个月前，我们开始了第一次交流……感谢您将这本遗失在床头柜抽屉里的手稿寄给我。在过去的二十天里，我唯独青睐这件将我们联系在一起的小家具。

9月24日，当我女儿念出克莱尔的名字时，我跌入了彻底的混乱。我无法给出反应，因为各种情绪一涌而入，它们彼此追得太紧，逼得我慌不择路。所以我来到了这片未知的、几乎悬于虚空边缘的半岛尽头。为了梳理始末，也为了沉浸式体验冒险的最后一关。这里，一切开始的地方。

我没有觉察到克莱尔的身影，然而所有迹象都证明她来过。只有她会宽恕我，甚至会过分美化我当年的形象而忽视了我的懦弱。我的梦中有没有在路的尽头与她相遇？不知道。但是，当我要再次见到她并面对她的审判时，我又逃了。我来到这家您寄给我过名片的酒店，并用假名办理了入住。然后我在四周信步而走……第二天，我在小径的拐角处看到了麦吉，我不得不钻入蕨类植物丛以免与她撞见。希望她知道这事时不要恨我。她应该比任何人都更了解她的同类对孤独的需求。

这几天，我的脚步追随我的思绪一起游荡。我检视了一番这个残缺之人的履历。他十八岁时因生活拮据而离开老家。这个年纪的人不会知道，他远离自我的每一步都会使他对自己越来越生疏。没有人可以为了去别的地方扎根，而与看着自己出生的土地断绝关系。

我想起他拿出自己出色的成绩单，骄傲地向家人预言自己会在从未踏足的地方大获成功。他以为此举要招来嫉妒，却只收获了他们的怜悯。在老家，没有人梦想去首都，没有人会用最小的一块土地，甚至是最小的灰色卵石，来交换一张文凭或一个银行账户。可这个男人仍然想过自己的生活，他认为即使没打地基的房屋也可以保护他免受风暴侵扰。他错了。这些房屋的本质，就是要受飓风和暴雨的每一次摆布。所以他只配过与之对应的脆弱生活。他在不知深度的情况下历经浮于表面的存在。直到某个夏天，他遇到了一个安于待在原地的女人。她看起来与他很像。但不同的是，她知道孰轻孰重。她拒绝离开酒庄，拒绝挥别过去。所以他要她为这种忠诚付出代价。他头也不回地离开了她，却没想到此举会在他身上留下数十年的阴影。

一周前的某天，当我返回酒店时，看到接待处有一个熟悉的身影。那个女人背对我，低着头调整手上的戒指。就算在一千种姿势中，我都能辨认出这个手势。一切都再次被照亮了。无论如何，这片亮光足以支撑我坚定地走向她、面对她。

她微笑着转过身，就像我们前一天才分开。

我是否看起来像回到了少年时代？相信我，我也意识到了，却一点儿也不感到羞耻。那天我和克莱尔聊了一整夜，接下来的几天我们还有说不完的话，直到她因工作在身，必须离开前往巴黎。但是，在那三天里，当我走在她身边时，我总是分不清自己在何地，或在何时。我们好像漫步在香槟区的葡萄庄园里，当我伸手要为她指某处风景时，我才惊讶地发现了手上的皱纹。可在我的意识中，她只有二十岁……

几个小时后……

我被麦吉打断了思绪。她刚从布鲁塞尔回来，知道我就住在离她家一步之遥的地方（我现在知道克莱尔都给谁通风报信了）……她邀请我去她家坐坐。我向她坦言，这个结局把我的生活掀翻在地。突然间，我生出了一个疯狂的念头：我过去的生活会不会只为迎来此刻？命运之神指引着我来到这特殊的一天，让我再次见到青年时代的爱人。

麦吉笑话我这种自命不凡的想法，然后把我拽去了海角。风很大，逼得我们不得不靠喊叫才能实现对话。面对这将比我们活得更加长久的漫无边际的自然，我明白了她带我来的用意：一百年以后，谁还关心我的生活和我走过的路？人一旦明白了这种确定性，便不会再心有所忌。

所以，我的第一步就是重写这个故事。不再有克莱尔。然后我会寄给某个编辑（据麦吉说，我们在各自的熟人里都能找到同一位编辑，我不知道她哪来的确信，竟得出了如此奇怪的论断）。我希望有幸了解成为女人的克莱尔，我已经预感到，自己会像喜欢少女时代的她那样热爱现在的她。我会尽力吸引她的注意（请您不要取笑我，别忘了爱因斯坦说过，生活就像骑自行车！）。相信我，安莉丝，即使这段爱情是在重逢中诞生的，它也会是一段全新的爱情。我不会让那段过去偷走我们探索未知的欲望。命运之神并不存在，但我就当它还在……

刚才，我和麦吉脱下鞋子从海滩折返，一路上我们闲聊起了沙粒的价值。即使是一颗微小的沙粒，也能卡住机器并改变它的运转轨迹。晚上，在我快要入睡时，我想到了您，您就像这颗沙粒，相信我，我找不出还能比这更形象的参照物。

西尔维斯特

P.S. 麦吉并没有因蕨类植物而生我的气，她向我承认，她在独自散步时也有好几次使用了相同的策略……

安莉丝写给西尔维斯特

莫里雍街

2016年10月17日

亲爱的西尔维斯特：

请您准备好迎接我的愤怒吧，您逃不掉的！尤其不要把我当一粒沙子对待，是我把您送回了三十余年前您跳下的轨道。您所谓的旅行恐惧症呢？在您选择不辞而别时，在您往返于布列塔尼海岸时，您还记得自己是个病人否？您在海边闲逛时，是否想到我们还在为您担心？

您要重写您的小说了吗？时间正好！我会为这个项目提供尽可能多的支持。我漏说了一个细节：我和堂弟一起负责的公司是一家出版社的子公司，而这家出版社的创始人是我祖父。所以，西尔维斯特，我有能力当您的小说编辑。其实，当我将您的手稿从已在酒店恭候多时的床头柜中抽出时，就动过这个念头，可当我了解到这份手稿对您的意义时，我就忘记了自己的职业抱负。因此，我在没有任何商业动机的情况下，陪您走完了全程，但您现在知道我打的算盘了。

如果您不抗拒，那么就由我来负责您的小说出版吧，因为没有任何一个编辑会像我这样坚定地捍卫您的作品。当然，如果您选择将小说托付给陌生人（但请千万别交给我堂弟！），我也不会生气，只能说明我们的友情与金钱无关。这几个月我们一起经历的冒险是无价的，它促成了各种非凡的邂逅，途中遇到的人也多半成了我们的朋友。

　　还是聊聊假期吧。娜依玛会和她的儿子一起来。威廉将去比利时邀请艾伦·安东和汉娜·冉森，他在苏格兰的女儿劳拉也会过来与我们一起跨年。大卫已经获得了出狱许可。正如您已知的，艾尔薇将于12月30日和您的女儿一起从蒙特利尔过来。不过，罗密欧和朱莉没法加入我们，因为他们将利用年底假期去旅行。

　　要是您在这一天之前完成了小说，就再好不过了，我们可以在您交给编辑之前抢先读到它……

　　好啦，这些话看起来像总结陈词。其实不然。您的小说之旅，以及您的生活之旅，都在继续。我有些羡慕你们，您和克莱尔，威廉和麦吉，你们正小心翼翼地迈向不确定的未来。

毕竟，未来不总是被随机抽中的吗？

来自128号房间的朋友

安莉丝

P.S. 尽管上文中我有暗讽某人，但自打我从比利时回来后，我与巴斯蒂安的关系就有了很大改善。我们决定改变工作方式，回归公司最初的运转模式。当年我加入家族企业后，父亲由着我创办了如今已在集团举足轻重的这家子公司。我将把大部分管理权让渡给堂弟（我知道论募资和营销手段，他的表现要比我好得多），回到自己最擅长的领域：寻找并挑选好书，陪它们在书店和图书馆上架，陪它们在那里找到读者。

贝尔波勒

2016年12月31日

距跨入新年还有几小时，我迫切感到自己需要写点什么。所有我最爱的笔友此刻都在身边，我用不着给他们寄信以澄清思路或解放情绪。所以我凌乱地记录了几页，没有真正的收件人，就像一个女孩在她的日记中倾诉。

12月24日晚，我和同伴们抵达洛泽尔，准备庆祝2016年的圣诞节。西尔维斯特首次公开了小说人物的原型。在一众陌生人面前，收到一个男人对三十多年前的自己这么炽热的表白，一定很尴尬。幸好，克莱尔没有赶上我们的读书会。但几个月后，她将发现他们的故事以小说的形式点缀在各个书店的书架上。这是西尔维斯特的愿望。

就我所知，这两位作家最近几周都很忙，彼此只见过两次面。第一次是在麦吉的老家。西尔维斯特在美岸酒店组织了一次聚餐，席间我们闲聊了书籍带给我们的各种奇遇。我们分享各自认为不容错过的读物，威廉和克莱尔将书单保存在各自的手机上，麦吉和西尔维斯特则从口袋里掏出一个小笔记本，阿加特随手拿过她的订单簿，至于我，惭愧，我把这些宝贵的推荐书目写在了一张印着酒店抬头的餐巾纸上……现在仍压在我的包底。

我一边参与对话，一边窥视我的朋友，尤其是他们的眼神。彼此交换又慌忙闪躲的眼神。我度过了一个特别的夜晚，发现了那些说漏的真心话，那些笨拙的动作。撞见了取辣椒粉时触碰的手指，起身够馅饼时，将另一只手搭在同伴微微颤抖的肩膀上（其实自己盘子里还剩着一块）……我是不是正在变回纯情少女？

第二次聚会并没有给我留出太多自由，因为这次定的地点是莫里雍街。做菜使我分身乏术，以至于我没能发现客人之间的亲昵举动。当他们全部道别后，凯蒂娅向我报告："你看到他们四个有多可爱吗？他们似乎害怕表白，好像示爱成了高危动作似的！"

原谅她吧，她年纪还这么小……她不知道我们这个年龄的人一旦上了赌桌会输得多惨。我们积攒的筹码数量是我们逝去的岁月，剩给我们的时间不够我们弥补上一局的损失。然而，作为一名经验丰富的玩家，威廉懂得保持距离。这样一来，反而吸引了麦吉的注意，她现在正哆嗦着看他走开。她应该知道她的追求者是虚张声势的大师。但还能怎样，爱情是因为让人盲目才闻名的……

相反，我没有感到西尔维斯特和克莱尔之间存在任何伪装。他们彼此无限温柔的小动作再也掩饰不了他们的感情。也许他们等待在新的一年里携手踏上新的人生旅程。如果我有权决定故事的结局，这无疑是我最愿看到的。

威廉的书房在农舍的背面，从那儿能听到朋友们边准备饭菜边发出的惊叫或欢笑。我假装要失陪一会儿去打电话，因为我得从欢庆正盛时抽出自己。保持距离能让我更加强烈地品尝今晚的幸福。

因为你们和我都知道，最完美的时刻也是最脆弱的时刻。几天后，娜依玛将送儿子回到他的家人身边，其他人将回到魁北克或比利时。我们因这本手稿而结下的缘分将何去何从？当我要为小说宣传时，当我要与巴斯蒂安探讨营销方案和盈利能力时，我还会记得他们吗？你们呢？你们是否会在某处保管好这些信件来去的足迹，保管好与不再陌生的陌生人建立起的相知默契？

所以，为了留住这些记忆，我行笔至此。当我在一周或一年后重读，还能闻到圣诞餐桌上那盘黑藜芦以及刚出炉的火鸡的香气，还能听到十六岁的劳拉和凯蒂娅放肆调侃成年人时的欢笑，还能看到落在周围树梢上的积雪闪耀的银光。

我像制作植物标本般，用白纸黑字围住这些幸福片段后，终于可以放心与家人们一起尽情享受节日了。

我属于只有将当下的碎片保存并永远埋在记忆中才能享受此时此刻的人……

致谢

在我致谢时，这些我最先想到的人将永远在我心里占据一席之地，因为没有他们，一切都不会发生。

我想到了"我的畅销书"网站和上面的所有成员，是他们把我推到了幕前，虽说此非我愿。我想到了马蒂尼埃出版社的社长玛丽·勒鲁瓦，她一路冒险陪着曾经那个经验不足的新人作家，直到后者的作品被摆上书店橱窗。得益于我俩的协作，我愿自己越写越好……感恩让娜·普瓦-富尼耶、萨莎·塞雷罗和卡琳娜·巴特的支持，她们满怀善意为我写下的书评有趣而不失中肯。

就在两年前的今天，我的第一部小说《藜芦香水》问世。在书末，我在想象中感谢了一位素不相识的读者……当时，我甚至认为有人来读我的书是件不可思议的事，因此，那时读者的样子是完全抽象的。

现在，这位读者不再抽象。

今晚，他有了轮廓，他是我在沙龙的过道上或在多媒体图书馆的柜台前遇到的读者，他是任何一个向我的小说投去目光并重塑我的故事的人。每当有人拿起我的书离开时，我的一小部分就跟着他一起离开，可奇怪的是，我没有感到自己在减少，我甚至想说：恰恰相反……

因而我感谢我不曾奢望的这些意外交流，感谢我何德何能取得的这般信任，感谢我们的相遇让我的书随之成长，感谢你们愿意跳脱出时而难熬的日常生活。

幸而有你们，冒险依旧继续。

如今，这是一部重新出发的小说。它要在没有我的陪同下走自己的路。

想象它的历程不失为一桩幸事。我预料它会布满折角，别否认，我们都这么干过。我知道它会浸几滴咖啡或茶汤，它会在第六十七页上留下一条巧克力渍，它会碾碎趴在第一百七十二页上睡觉的那个人的眼镜（我唯有希望他不会因此受伤）。

感谢所有这些我们共享的亲密时刻……